6 FUSION FANTASTIC STORY
기로 퓨전 판타지 소설

불사의 테스터

도서출판
청어람

불사의 테스터

불사의 테스터

불사의 테스터 6

기로 퓨전 판타지 소설

초판 1쇄 찍은 날 § 2017년 4월 6일
초판 1쇄 펴낸 날 § 2017년 4월 13일

지은이 § 기로
펴낸이 § 서경석

편집책임 § 조현우

펴낸곳 § 도서출판 청어람
등록번호 § 제387-1999-000006호
등록일자 § 1999. 5. 31
어람번호 § 제1-2668호

주소 § 경기도 부천시 부일로 483번길 40 서경B/D 3F (우) 14640
전화 § 032-656-4452 팩스 § 032-656-4453
http://www.chungeoram.com
E-mail § chungeorambook@daum.net

© 기로, 2016

ISBN 979-11-04-91257-3 04810
ISBN 979-11-04-91108-8 (세트)

CONTENTS

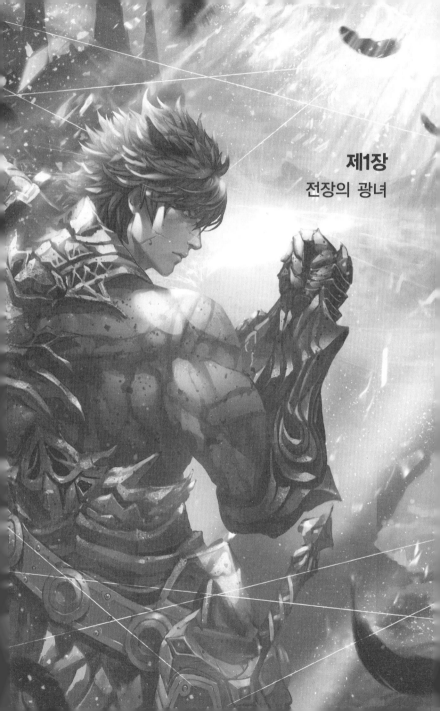

제1장
전장의 광녀

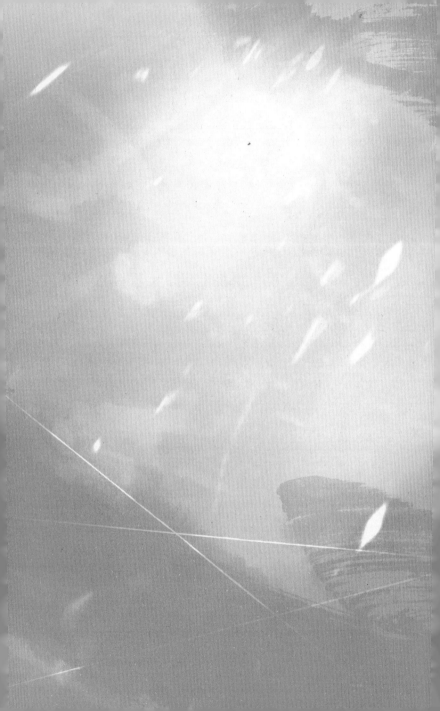

치호와 일행들은 뜨거운 태양 아래를 힘차게 걷고 있었다. 어젯밤 마스터 최도현이 일정을 공지한 것처럼 오늘 안에 거점 텔로시에 도착하려면 서둘러 움직여야 했기 때문이다.

'흠… 그래도 레벨이 2만 더 오르면 한계 레벨인데, 거점 때문에 올리지 못한다니 아쉽긴 하군.'

치호는 걸어가면서도 몸 상태를 확인했다. 주변 경계는 이미 다른 일행들이 철저히 하고 있으니 치호로서는 지루한 걸음일 뿐이었다.

그랬기에 치호는 혼자서 자신의 스테이터스를 점검하기 시작했다. 무료함을 달랠 방법이 그것밖에 없었기 때문이다.

〈스테이터스 상세〉

―종족(격): 인간(전문 테스터―정복자)

―이름: 황치호 (Lv. 38)

―특성: 불사의 괴인 [???]

―직업: 진실의 탐구자

―기본 능력 (미지정 포인트 +40)

근력: 742[+0(682) +40%] 〉 1,039

지구력: 890[+0(880), +50%] 〉 1,335

민첩: 288[+0(258), +40%] 〉 403

마력: 424[+0(299), +55%] 〉 657

기량: 447[+0(437), +40%] 〉 626

―추가 능력: 이동 속도 +30%, 저항력 +70%

―획득 칭호: 카미유 학살자, 고독한 사냥꾼, 종의 운명 결정자, 자이언트 킬링(3), 마지막 비원을 이룬 자(1), 감시자(3), 홀로선 자, 격동의 대현자, 율법의 수호자(1), 지배자 사냥꾼(2)

'흐음… 미지정 포인트가 꽤 쌓였는데.'

네 번째 필드를 시작하면서 남은 미지정 포인트를 모조리 투자해 0을 만들어두었지만, 어느새 레벨업을 거듭해 벌써 미지정 포인트가 40이나 쌓여 있었다.

〈지식의 수정〉을 사용할 미지정 포인트를 남겨두더라도 한 참이나 여유가 있는 포인트였기에 어느 정도 남은 포인트를 투자해야 할 것 같았다.

'민첩이 상대적으로 수치가 낮군.'

치호는 별다른 고민을 하지 않고 민첩에 미지정 포인트를 투자하기로 했다.

앞으로 어떤 아이템이 나올지 모르지만 그 아이템에 반드 시 민첩 스테이터스가 붙어 있으리란 보장도 없을뿐더러 아 직 다른 스테이터스가 부족하다는 느낌을 받지 못했기 때문 이다.

더욱이 근력과 지구력의 경우에는 스테이터스 수치가 1,000을 넘어가니 충분하게 느껴졌다.

만약 이런 치호의 스테이터스 포인트를 다른 테스터가 보았 다면 그들은 경악을 넘어 허탈감을 느낄지 몰랐다.

지금의 스테이터스 수치는 치호가 가지고 있는 스킬과 에픽 등급의 장비, 그리고 전설 등급의 장비가 어우러진 결과였기 때문에 보통의 테스터는 꿈도 꾸지 못할 수치이기 때문이다.

"미지정 포인트 30 민첩 투자."

치호가 중얼거리자 미지정 포인트 투자에 대한 메시지가 떠 올랐고 치호는 과감하게 투자했다.

아무래도 앞으로 무슨 일이 있을지 모르는데 모든 포인트를 투자하는 건 위험하고 적당히 10 정도 남겨둔 것이다.

그러고는 경험치 변환 스킬을 살폈다.

[방어술 변환률 94%…]

'경험 변환 스킬도 얼마 남지 않았군. 전투 관련 경험이라 빨리 오를 줄 알았는데 생각보다 더뎌.'

지난번에 선택해 둔 경험 변환 스킬의 변환이 거의 끝을 향해 달려가고 있지만 최근 겪은 전투에 비하면 오르는 것이 더디게만 느껴졌다.

방어술은 전투에 관련되어 있어 빠르게 오를 줄 알았는데, 생각보다 치호가 방어를 하는 스타일의 전투를 취하지 않아서인지 빠르게 경험이 오르는 건 아니었다.

'그래도 곧 끝나겠군.'

경험 변환이 더디게 진행되어도 곧 새로운 경험을 변환시킬 수 있을 것 같아 크게 신경 쓰지는 않았다. 이번 경험은 지난번 대장 기술과는 달리 전투만 치르면 오르는 종류의 경험이기 때문에 조만간 오를 것이라 생각했기 때문이다.

'가장 큰 의문은 이 〈차림의 뿔피리〉라는 건데… 대체 마지막까지 완료하면 어떻게 되는 거지?'

치호는 〈차림의 뿔피리〉를 완료했을 때 어떤 일이 일어날지 궁금했다. 그랬기에 〈지식의 수정〉을 사용해 볼까도 생각했지만 고개를 가로저었다.

어차피 앞으로 여덟 번만 더 도발된 괴물들을 처리하면 결과가 어떻게 나올지 알 것인데 굳이 미지정 포인트까지 소모해 가면서 알고 싶지는 않았기 때문이다.

'가능하면 거점에 들어가기 전에 소소한 것들을 마무리 짓고 싶은데… 마음 같지 않군.'

모든 일을 해결하고 홀가분하게 새로운 거점에 들어가고 싶었는데 일이 마음처럼 되지 않는 것 같았다. 이런저런 생각을 하면서 걷고 있을 때 최도현이 다가와 말했다.

"치호 님, 도착했습니다. 저기 보이는 곳이 중립 거점 텔로시입니다."

최도현이 오기 전부터 이미 치호는 지도로 얼추 도착할 때가 되었다고 생각했는데 시기적절하게 찾아와 거점 텔로시를 가리켰다.

최도현이 가리킨 곳을 보니 저 멀리 거점 텔로시가 조금씩 보이기 시작했다.

"휘유, 텔로시도 성벽이 있군. 네 번째 필드의 거점들은 기본적으로 성벽은 갖추고 있는 건가?"

"하아… 세력전만 없으면 저런 성벽은 필요 없겠지만… 어쩔 수 없습니다. 아이러니하지요."

치호의 말에 최도현도 씁쓸하다는 듯이 말을 했다. 최도현도 성벽이 있다는 것 자체가 마음에 들지 않는 듯한 눈치였다.

"뭐… 어쩔 수 없지. 애초에 이런 이상한 곳에 끌려온 것 자체가 문제인 것이니. 모두가 협력하길 기대하는 것이 어쩌면 무리일지도."

두 사람은 텔로시를 향해 걸어가면서 씁쓸한 대화를 나누었다. 이야기를 해봐야 속만 쓰린 이야기들이었지만 최도현처럼 네 번째 필드에 뿌리를 내린 사람으로서는 심각한 문제였다.

물론 치호는 이런 방법을 해결할 강경한 수단을 알고 있다.

과거 치호가 지구에서 그랬던 것처럼 패도의 길을 걸으면 된다.

자신의 앞을 가로막는 것들을 모조리 학살하고 자신의 뜻과 반대되는 일을 하는 자들을 모조리 찾아내어 발본색원하는 절대 공포의 사회를 만들면 서로 반목할 일은 없어진다.

오히려 공포의 정점, 자신에게 분노의 화살을 돌린다면 사람들은 반목은커녕 서로 협력하기 시작할 것이다.

그렇게 하기 위한 방법은 지금 치호의 머릿속에 떠오른 것만 해도 수십 가지다.

더군다나 생활이 불안하고 세력이 이렇게 나누어져 있는 상황이라면 비집고 들어갈 틈은 생각보다 많다.

그것에 더불어 자신의 무한한 생명이라면 영원히 네 번째 필드의 평화를 가지고 올 수 있다.

그러나 치호는 그럴 생각이 전혀 없었다.

지금 네 번째 필드가 겪고 있는 문제는 비단 이곳에서만의 문제가 아닐뿐더러 이곳의 문제를 해결한다고 해서 일이 끝나는 것도 아니기 때문이다.

문제를 해결하려면 이런 말도 안 되는 필드를 만들어 낸 녀석들을 처리해야 한다. 그래야 이런 지옥 같은 생활과 슬픔의 연쇄를 끊을 수 있을 것이다.

치호는 이런 필드를 만든 녀석을 생각하니 다시금 머리가 지끈지끈 아파오기 시작했다.

마음 같아서는 당장에라도 찾아가 처리하고 싶지만, 그들에게로 향하는 길이 너무나 지난하고 복잡했기 때문이다.

약간의 흔적과 꼬리는 잡았지만 몸통의 흔적을 찾을 수 없었기에 답답하기만 했다.

치호가 현 상황과 필드를 만든 녀석들에 대한 마음을 다 잡을 때 어느새 일행은 중립 거점 텔로시 앞에 도착해 있었다.

그러자 최도현이 나서며 말했다.

"우리는 중립 거점 아톨란에서 무투 대회에 참가하기 위해 찾아왔다."

최도현이 외치자 성벽 위에서 부산하게 움직이는 기색이 느껴지더니 이내 말소리가 들려왔다.

"초대장을 넘기시오!"

그 말에 최도현이 초대장을 성벽 위로 던져 넘겼다. 일련의 상황을 지켜보던 치호는 지금 이 상황이 어처구니가 없었다.

아무리 전시상황이라지만 겨우 100여 명의 일행일 뿐이다.

그런 일행이 무서워서 성문조차 열지 않고 초대장까지 성벽 위로 넘기라고 하는 태도는 듣도 보도 못한 행위였기 때문이다.

치호가 황당한 표정을 짓고 있자 최도현이 치호를 보며 싱긋 미소를 지으며 말했다.

"하하. 표정을 보니 무슨 말을 하고 싶은지 알 것 같습니다."

"이렇게까지 해야 하나?"

"다소 과할지도 모르겠지만… 이곳은 필드 아닙니까. 상상도 하지 못하는 스킬이 난무하는 이곳에서 방심은 금물이지요."

최도현의 말을 듣고도 치호는 고개를 절레절레 흔들 뿐이었다.

그렇게 일행이 잠시 기다리자 초대장이 확인되었는지 굳건하게 닫혀 있던 성문이 천천히 열렸다.

쿠르르.

"어서 오십시오. 마스터 최도현과 일행 여러분, 거점 텔로시에 오신 걸 환영합니다."

"자토스, 오랜만이군."

"하하, 그간 별일 없으셨습니까?"

최도현을 반기며 나온 인물은 척 보기에도 산전수전 다 겪은 듯한 모습의 중년이었다.

요즘 들어 필드에 중년이 많이 보이는 것 같은 느낌이 들었는데 아무래도 네 번째 필드에 뿌리를 내리고 살기 시작하는 이들이 많아지면서 나타나는 현상인 것 같았다.

"이쪽은 저희 측 대표로 무투 대회에 참가할 분입니다. 실력이 대단하니 긴장 좀 하셔야 할 겁니다."

"하하, 제가 뭐 긴장할 일이 있나요. 전 나이가 들어서 참가할 만한 실력이 되지 못하는걸요. 하하하. 저는 자토스라고합니다. 과분하게도 이 거점의 경비 대장직을 수행하고 있습니다."

"황치호다. 반갑군."

보통은 아니라고 생각했는데, 이 거점의 경비 대장직을 수행하고 있다는 말을 듣자 납득이 됐다. 문득 이 텔로시의 마스터 역시 궁금해졌지만 그런 궁금증은 오래가지 못했다.

성문을 통과한 순간 눈에 들어오는 거점 텔로시의 모습이 치호의 눈을 사로잡은 것이다.

'거점별로 발전도가 다른 건가?'

중립 거점 텔로시는 최도현이 마스터로 있는 거점 아틀란 과는 사뭇 다른 분위기를 가지고 있었다.

더욱이 건물 양식 또한 근세에 가까운 건물의 외형을 갖추 고 있을 뿐만 아니라 가로등까지 곳곳에 설치된 것으로 보아 발전도가 상당한 것으로 보였다.

'이곳에서 전기를 사용했을 리는 없고… 뭔가 다른 방법이 있는 건가?'

다소 흥미로운 물품들이 많았기에 치호는 거점의 이곳저곳 을 둘러보기 시작했고 그 모습을 본 최도현이 다가와 말했다.

"이곳이 중립 거점 중에서는 가장 크고 발전이 잘된 곳이지 요. 그래서 매번 무투 대회도 이곳에서 하는 것입니다."

"그럴 만도 하군. 다른 세력들도 이 정도 시설을 갖춘 건 가?"

문득 지금 세력 싸움을 하고 있는 다른 거점들도 이런 정 도의 발전도를 갖추고 있는지 물었지만, 최도현은 고개를 저으 며 말했다.

"그렇지는 않습니다. 그쪽은 모든 것이 전투에 초점이 맞추어져 있으니까요. 무구를 생산하기도 바쁜데 시설에 투자할 여력이 없는 것이지요."

"그렇군. 언제나 전쟁이 문제야."

치호와 최도현이 다른 세력의 거점과 이곳 텔로시에 대한 이야기를 하고 있을 때 저 멀리 낯익은 얼굴이 치호의 눈에 들어왔다.

치호가 그렇게나 만나고 싶어 하던 그 얼굴이었다.

'미소?'

저 멀리 보이는 얼굴은 치호가 기억하는 미소의 얼굴이었다.

오랜만에 보는 미소의 얼굴을 보고 반가운 마음이 들었지만, 그녀의 눈빛은 치호가 기억하고 있는 미소의 눈이 아니었다.

미소의 등장은 치호뿐만 아니라 주변의 다른 테스터들의 이목을 끌기 충분했다. 모두가 미소를 알아보는 것인지 주변에서 수근거리는 소리가 들려오기 시작했다.

"저게 전장의 광녀라고 불리는 여자란 말이지?"

"이봐! 말 조심해! 다 듣고 있을지 모른다니까?"

"에이… 설마?"

"허어… 이 사람 좀 보게. 그러다 골로 간 사람이 한둘인 줄 알아? 조심해. 괜히 전장의 광녀라고 불리는 게 아니니까."

미소에 대한 대화가 그리 호의적인 것 같지는 않았지만 치호로서는 반가웠기에 얼른 다가서려고 했다.

하지만 그런 치호의 움직임을 막으며 나서는 이가 있었다.

마스터 최도현이었다.

"치호 님."

마스터 최도현은 미소에게 다가가려는 치호를 붙잡고 고개를 가로저었다. 그러고는 별다른 이야기도 하지 않은 채 조용히 눈짓을 주었다.

그런 최도현을 의아한 표정으로 바라보면서 그의 시선이 닿는 곳을 따라가 보니 최도현이 치호를 가로막은 이유를 알 수 있었다.

"저들이… 호위들인가?"

"예, 지금은 나서지 않는 게 좋을 것 같습니다. 제가 최대한 빨리 자리를 한번 만들어 보겠습니다. 그러니 조금만 참으시지요."

"후… 별수 없나?"

미소가 눈에 들어왔을 때 반가운 마음에 주변을 살피지 않은 치호의 실수였다. 주변을 둘러보니 겹겹이 둘러싸인 호위가 심상치 않았기에 그녀에게 다가가지도 못하고 제지당할 것이 뻔해 보였다.

치호가 주변을 살피는 그 잠깐 사이에 미소는 치호를 발견하지 못했는지 금세 자취를 감추어 사라져 버렸다.

치호는 바로 앞에 미소를 두고도 만나지 못하는 이 상황이 마음에 들지 않았지만, 상황이 상황인 만큼 최도현의 입장을 고려해 지금은 물러나기로 했다.

지금 억지로 미소를 만나려고 한다면 못 만날 것도 없을 테지만 그러면 자신을 이곳까지 데려온 최도현에게 큰 피해가 날 것은 자명한 일.

최도현이 자신에게 보여준 호의를 그런 식으로 갚을 수는 없었다.

'골치 아프군. 일단 메이에게 연락을 해보고… 정 안 되면 계획대로 움직여야겠군.'

최악의 경우 어둠을 틈타 미소를 만나러 가야 할 것이다. 그러니 일단 거점의 지리를 파악해 두어야 할 것 같았다.

치호의 생각을 모르는 최도현은 살갑게 다가와 숙소로 안내하기 시작했다.

"저희에게 배정된 숙소는 이곳과 멀지 않으니 그곳에 가서 일단 여독부터 푸는 게 좋겠습니다."

"그러지."

치호와 최도현은 숙소로 이동하면서 무투 대회에 관한 이런저런 이야기를 나누었지만, 치호의 눈은 거점의 이곳저곳을 살피는 데 여념이 없었다.

"그래서… 그 무투 대회라는 건 어떤 식으로 진행되는 거지? 그리고 언제부터 무투 대회란 것이 생긴 건가?"

"아! 그리고 보니 가장 중요한 걸 설명해 드리지 않았군요?"

최도현은 치호와 함께 무투 대회에 관한 이야기를 나누기 시작했다. 치호 역시 이곳 필드에 넘어온 후로 테스터들이 치르는 행사라는 것 자체가 처음이었기 때문에 호기심이 생긴 것이다.

"무투 대회는 일종의 축제 같은 개념이지요. 그래서 중립 거점에 속한 네 번째 필드의 테스터들은 무투 대회 시즌만 되면 이곳 티벨론에 모여듭니다."

"호오… 축제라. 재미있군."

"하하하. 물론 처음에는 그런 분위기는 아니었습니다. 아무래도 각 중립 거점을 이끄는 이들이 모이다 보니… 마치 살얼음판을 걷는 듯한 느낌이었죠."

최도현은 처음 각 중립 거점의 마스터들이 모였을 때를 회상하는 듯하더니 몸을 부르르 떨었다.

그때의 기억이 좋지만은 않은 것 같았다.

"하지만 점차 시간이 지나면서 그런 딱딱한 분위기를 해소

하고자 무투 대회를 시작한 겁니다. 이런 대회까지 열 수 있을 정도로 분위기가 유해진 것이죠. 발전이라면 발전이라고 할까요? 하하."

"그렇군. 그럼 어떻게 진행되는 거지?"

치호의 물음에 최도현은 고개를 끄덕이며 답했다. 그런 의문은 당연하다 생각했는지 얼른 설명해 주기 시작했다.

"무투 대회는 여러 가지 방법을 시도해 봤지만 가장 호응을 얻는 건 역시 토너먼트 방식이었습니다. 각 후보들끼리 겨루어 결국 최종 우승자를 가려내는 방식이지요."

"토너먼트라… 재미있군. 그런데 만약 사상자가 나오면 어떻게 되는 거지? 의도적으로 목숨을 노리는 녀석도 있을 테고 말이지."

"그 부분은 걱정하지 않으셔도 됩니다. 출전하는 이들 모두가 경기를 치르기 전에 '죽음의 서약'을 쓰고 올라가니까요. 상대를 해하지 않겠다는 서약을 말이지요."

치호는 가만 생각해 보니 여러 가지 사고를 방지하는 방법 중 가장 확실한 건 과연 '죽음의 서약'이라는 생각이 들었다. 의도적으로 상대를 살해했다면 살해한 자신 역시도 죽음을 면치 못하니 그런 선택을 하는 이는 많지 않을 것이기 때문이다.

"죽음의 서약이라… 테스트 필드에서만 사용할 수 있는 방법이군. 효과적이긴 하겠어."

"미리 말씀드리지 못한 점 죄송합니다. 혹 문제가 된다면……."

"아니, 상관없다. 어차피 상대를 죽일 것도 아닌데 서약서를 쓰는 편이 좋지."

치호가 별다른 문제를 제기하지 않자 최도현 역시 마음이 놓였는지 한층 밝아진 표정으로 다시금 이야기하기 시작했다.

"이해해 주셔서 감사합니다. 해당 서약서는 무투 대회 경기 중에만 효력이 발동되도록 조항이 조정되어 있으니 큰 걱정하지 않으셔도 될 것입니다."

"알았다. 그런데 참가자들의 실력은 어느 수준이지?"

"치호 님 실력이라면… 아마 우승도 노려볼 수 있지 않을까 합니다. 하하하. 물론 테스터 미소가 변수이긴 하지만요."

"그런가?"

"예. 지금껏 무투 대회를 빠지지 않고 참관해 왔던 제가 하는 말이니 믿으셔도 될 겁니다. 하하하. 이런… 그리고 보니 제가 말이 너무 길었군요."

최도현이 머리를 긁적였다. 치호에게 이런저런 설명을 해주다 보니 밤이 깊어가는 줄도 모르고 이야기를 계속했던 것이다.

뒤늦게 자신의 실책을 깨달았는지 얼른 자리에서 일어서며 말했다.

"그간 괴물들을 상대하시느라 피곤하셨을 텐데 제가 너무 오래 있었군요. 일단 오늘은 푹 쉬십시오. 저도 내일부터 테스터 미소와 자리를 만들어 보려면 바빠질 것 같군요."

"그렇군. 부탁 좀 하지."

"이제 와 하는 이야기지만… 오전에 봤던 테스터 미소에 대한 호위는 좀 과해 보이더군요. 거점 내에서는 별다른 위협이 없을 텐데… 흠. 일단 상황을 좀 알아봐야 할 것 같습니다."

"과했던가?"

"예. 그 점이 좀 이상하긴 합니다만… 최선을 다해보겠습니다. 그럼 푹 쉬십시오."

최도현은 그렇게 말하고는 조용히 치호의 방을 나섰다. 치호에게 휴식 시간을 주려는 것이었다.

드디어 혼자가 된 치호는 한숨을 깊이 내쉬었다.

'조용히 일이 끝났으면 좋겠는데… 아직도 메이에게서는 연락이 오질 않는군.'

최도현과 대화를 하면서도 치호는 메이의 연락을 기다렸지만 끝내 오지 않았다.

그랬기에 치호는 마지막으로 메이에게 연락을 해볼 생각이었다. 만약 이번에 연락도 받지 않으면 방금까지 대화를 나눈 최도현에게 미안한 이야기지만 행동에 나서야 할 것 같았기 때문이다.

하지만 메이에게 연락하려는 치호의 행동을 잠시 머뭇거리게 하는 메시지가 눈앞에 떠올랐다.

'음? 이 메시지는… 호오. 결국 해냈군.'

치호는 떠오르는 메시지를 차분하게 읽어내렸다. 메시지에서 낯익은 이름을 발견할 수 있었기 때문이었다.

<영광의 기록서에 새로운 기록이 추가되었습니다.>
<일리야 레핀-필드의 신사>
-직업: 강압의 중재자
-스킬: 공간도약, 아스타라의 맹약, 탈라의 하얀 손
-내용: 수없이 많은 목숨의 위협을 받으면서도 자신이 거둔 이들과의 맹약을 지켜내었습니다. 더욱이 불가능에 가까운 퀘스트를 수행하면서 자신이 거둔 이들을 온전히 네 번째 필드로 이동시켰습니다. 그 위대한 업적을 기리며 영광의 기록서에 신규 등재합니다.

떠오른 메시지를 보니 자신의 길드원들과 함께 필드를 넘어가겠다던 루바란 길드의 길드장 일리야 레핀이 결국 성공한 것 같았다.

하지만 지난번 치호에게 했던 말과는 다르게 필드의 정수를 이용한 방법은 사용하지 못한 것 같았다.

'필드의 정수를 내가 챙겼기에 힘들 거라고 생각했는데… 다른 방법을 사용한 건가?'

기록서의 내용으로 보면 퀘스트를 수행했다고 하니 뭔가 다른 방법을 사용한 것 같았다.

일리야 레핀을 마지막으로 보았을 때 세 번째 필드의 정수를 치호 자신이 가지고 있었기에 레핀의 계획은 성공하기 힘들 것으로 생각했는데 결국 해내고 만 것이다.

'영광의 기록서에 등재될 만한 업적이라… 대체 몇 명을 끌고 들어왔길래? 네 번째 필드가 혼란스러워질 수도 있겠군.'

분명 레핀은 자신의 길드 전체를 끌고 온 것 같았다.

네 번째 필드에 기존의 3강 체제가 아닌 또 다른 세력이 등장한 것이다. 그것도 눈 깜짝할 사이에 말이다.

'더군다나 곧 여신의 교단 쪽에서도 행동에 나설 테니… 후우. 어서 이번 필드에서의 일을 최대한 빨리 정리하는 게 좋겠어.'

기존의 3강 체제도 모자라 2개의 세력이 추가될 것 같았다.

레핀이 자신의 세력을 일시에 네 번째 필드로 끌고 들어온 전례를 교단 측에서 확인한다면 그쪽도 비슷한 수를 낼 것이 틀림없기 때문이다.

여러 필드에 걸쳐 세력이 있는 교단의 경우 정보적인 측면에서는 그 어떤 세력보다 더욱 우위에 있기 때문에 어떤 방식으로든 레핀의 사례를 재현할 것 같은 느낌이 들었다.

분명 교단은 네 번째 필드에 들어서자마자 죽음의 길잡이 '로펠로'에게 복수를 할 것이다. 또한 레핀의 루바란 길드 역시 세력을 강화, 확장하기 위해 혼란스러워진 빈틈을 노려 치고 올라올 것은 굳지 말하지 않아도 자명한 일이었다.

그렇게 되면 네 번째 필드는 진정 혼란의 중심에 서게 될 것이기에 치호는 다급한 마음이 들었다.

'미소를 만나는 것조차 이렇게 애를 먹고 있으니 큰일인데… 게다가 에픽 퀘스트에 나온 영원의 싸움터 수트람에 대한 정보도 전무한 상태이고. 후우.'

단순하게 메시지 하나가 떠오른 것이지만 그것 때문에 치호는 깊은 한숨을 쉴 수밖에 없었다.

네 번째 필드는 지금 불안한 모습이지만 묘하게 힘의 균형이 맞춰진 상태로 판단되었는데 조만간 몇 가지 변수로 인해 그 힘의 균형이 틀어질 조짐이 보였기 때문이다.

더욱이 그런 상황에서 진행하고 있는 일은 속 시원히 풀리지 않으니 답답할 수밖에 없었다.

치호가 한숨을 쉬고 있을 때 그런 시름을 날려주는 반가운 목소리가 치호의 머릿속을 울렸다.

―아저씨! 치호 아저씨! 거기 있어요?

―메이?

그토록 기다렸던 메이가 〈영혼의 메아리〉를 통해 연락한 것이다. 일단 목소리에 힘이 느껴지는 걸 보니 위험에 빠진 상황은 아닌 것 같아 마음이 놓였다.

*　　　*　　　*

메이의 목소리에 반가움도 잠시, 치호는 메이를 타박하기 시작했다. 메이가 연락이 없어 다소 위험한 계획을 실행하려 했던 치호로서는 메이가 야속했기 때문이다.

―대체 지금까지 왜 연락이 없었던 거지?

―미안해요. 생각보다 위험한 곳에 잠입하게 돼서요. 후우. 일이 이렇게 꼬일 줄 몰랐어요.

―위험한 곳이라고?

위험한 곳이라는 말에 치호의 신경이 곤두섰다. 메이가 위험하다고 말할 정도라면 상황이 심각할 수 있기 때문이다.

하지만 메이는 그런 치호의 걱정을 일축하며 말을 이었다.

―지금은 괜찮아요. 그 거점에서 벗어났으니까요. 그나저나 '콴'이라는 사람은… 제정신이 맞을까요?

―난데없이 그게 무슨 소리야?

―그게요… 에휴. 자세한 건 만나서 해요. 으… 여긴 정말

지옥이에요. 아저씨가 말한 거점으로 이동해 있을게요.

─흐음, 그럼 그때 자세히 이야기를 듣는 것으로 하고……. 그런데 알란이란 녀석의 일은 어떻게 되었지?

메이는 알란에 대해서 알아볼 정보가 있다며 지금까지 잠적한 것인데 알란에 대한 말이 없자 치호가 직접 물어본 것이다.

그런 치호의 물음에 메이는 한숨으로 대답할 뿐이었다.

─알란은 이미 떠난 모양이에요. 무슨 중립 거점 어디로 갔다는 것 같던데… 이번에도 허탕이에요.

─중립 거점으로 갔다고? 어느 거점인지 알아봤나?

─아니요. 어느 거점인지는… 그런데 이상한 게 제가 콴의 세력에 깊이 침투한 것도 알란 때문인데 어떻게 중립 거점으로 향했다는 건지 이해할 수가 없어요. 알란이 콴과 직접 대면했다는 정보까지는 획득했는데… 그 이상은 연결 고리가 끊어졌어요.

메이의 말을 요약하자면 네 번째 필드로 넘어온 '알란'은 짐승의 왕 '콴'의 세력에 발탁되어 활동했다는 것 같았다. 그렇기에 메이가 알란에 대해 더 많은 정보를 획득하기 위해 '콴'의 세력에 좀 더 깊숙이 침투한 것이다.

하지만 메이의 노력에도 불구하고 막상 세력에 침투하자 알란이 중립 거점으로 향했다는 허무한 정보만 얻었다는 것이다.

메이의 정보에 치호는 미간을 좁혔다.

'콴에게 발탁된 이가 중립 거점으로 향했다?'

치호는 최도현과 지금껏 이야기해 온 것이 있었기에 메이의 정보를 가벼이 받아들일 수가 없었다.

문득 한 가지 가능성이 떠오른 것이다. 하지만 그것은 혼자만의 추측일 뿐이었기에 누군가에게 발설할 만한 내용은 아니었다.

'일단은 염두에 두고 있어야겠군.'

지금 치호가 생각하고 있는 가능성은 꽤나 확률이 높아 보였지만 메이에게 곧이곧대로 말할 수는 없었다.

그렇기에 치호는 잠시 생각을 하다가 이내 메이에게 말했다.

—음… 중립 거점이라. 일단은 나도 알아볼 수 있는 데까지 알아보지. 그런데 그의 인상착의를 내가 모르니 조금 아쉽군.

—에휴. 이번에야말로 알란에게 복수할 수 있을 것이라 생각했는데 아쉽네요.

—별수 없지. 아무튼 내가 말한 거점에서 기다리고 있으면 이쪽 일이 마무리되는 대로 출발하지.

—넵! 저도 그사이 레벨 좀 올려두어야겠어요. 그리고 정보

도 좀 모으구요. 헤헤. 이곳은 사람이 많아서 그런지 생각보다 쓸 만한 정보가 많이 돌아다니는 것 같으니까요.

메이가 네 번째 필드의 정보를 수집하면서 기다리고 있겠다는 소리에 치호는 메이에게 약간의 부탁을 했다.

자신의 에픽 퀘스트 영원의 싸움터에 관한 정보를 혹시 구할 수 있으면 구해보라는 부탁이었다.

그런 치호의 말에 메이는 재미있겠다면서 흔쾌히 수락했고 두 사람의 〈영혼의 메아리〉를 통한 대화를 마무리했다.

혼자 방 안에 남은 치호는 생각을 정리하기 시작했다.

지금 네 번째 필드는 마치 폭풍 전야와 같았다.

흘러가는 상황이 심상치 않게 느껴진 것이다.

'콴의 수하가 중립 거점으로⋯ 그리고 때마침 무투 대회가 열리는 시기다? 흐음⋯ 어쩌면 이번 대회는 소란스러워질 수도 있겠군. 이러면 곤란한데.'

미소만 조용히 만나고 떠나려 했는데 자칫 시끄러운 소란에 휘말릴 수 있겠다는 생각을 했다.

하지만 지금 자신이 할 수 있는 아무것도 없었기에 이 생각이 기우이기만을 바랄 뿐이었다.

치호의 생각이 깊어질수록 거점 텔로시의 밤도 함께 깊어졌지만 치호는 잠자리에 들 생각이 없는 듯 가만히 망부석처럼 앉아 있을 뿐이었다.

*　　　*　　　*

치호가 문득 느껴지는 기척에 눈을 슬며시 떴다.

지난밤 치호도 모르게 잠든 것이다.

'나도 피곤했었나 보군. 흐음… 아침인가?'

치호가 느낀 기척이 점점 다가오는가 싶더니 이내 목소리가 들렸다.

"일어나셨습니까?"

목소리의 주인공은 마스터 최도현이었다. 이른 아침부터 부산하게 움직이는 듯 치호를 찾아온 것이다.

"아, 일어나 있다."

치호의 말에 최도현이 웃는 얼굴로 들어와 가볍게 이야기를 나누기 시작했다. 오늘의 일정에 관해 설명해 주려는 것 같았다.

"해서… 저는 오늘 이곳저곳을 돌아다녀야 할 것 같습니다."

"그렇군. 난 신경 쓰지 말고 일 보도록 해."

"하하. 그런데 오늘 무투 대회의 대전 순서 추첨이 있는 날입니다. 혹시 가보시겠습니까? 아니면 거점을 둘러보시면서 쉬셔도 됩니다. 추첨에는 대리인을 보내면 될 테니까요."

최도현이 바쁘게 텔로시로 향한 이유가 있었다.

텔로시에 도착한 다음 날 바로 대전 순서를 뽑는 추첨식이 있는 걸 보면 하루만 늦었더라도 대회에 출전하지 못했을 것이다.

이렇게 빡빡한 일정이었다면 거점을 이동하면서 초조한 기색이라도 내보였을 법도 한데 전혀 그렇지 않았던 최도현을 보면 괜히 마스터 자리에 앉아 있는 것은 아니라는 생각이 들었다.

"흠… 그곳에 가면 뭔가 이득이라도 있나?"

"이득이라기보다… 상대할 이들을 먼저 확인할 수 있지요. 대리인을 보내기도 합니다만 특별한 경우가 아니면 직접 추첨을 하는 게 일반적이니까요."

"호오, 그래?"

즉 추첨식에 가면 네 번째 필드에서 강자로 불리는 이들의 얼굴을 한꺼번에 볼 수 있다는 의미나 다름없었다. 그것이 비단 중립 거점 세력에만 해당하는 이야기일지라도 네 번째 필드의 수준을 알아보기에는 이만큼 좋은 기회도 없을 것이다.

치호는 이런 좋은 기회를 놓칠 수 없었기에 얼른 최도현에게 말했다.

"내가 직접 가지. 대회에 출전하는 이들을 한번 보고 싶군."

"그럴 줄 알았습니다. 하하하. 추첨식은 점심 이후에 진행될 테니 준비하고 계시면 제가 사람을 붙여 드리겠습니다. 저는 말씀드린 대로 좀 바쁠 것 같아 함께하지 못할 것 같습니다."

"내 걱정은 하지 않아도 좋으니 미소와의 자리나 제대로 만들어줬으면 좋겠군."

언제나 예의 바른 최도현은 이번에도 치호를 신경 쓰는 것 같았다. 가끔은 저런 과한 예의가 부담스러울 때도 있었지만, 이제는 그냥 그러려니 했다.

벌써 한 달 가까이 함께 생활한 것이나 다름없기 때문에 그의 행동이 익숙해진 것이다.

최도현은 치호에게 일정에 관해 가볍게 이야기해 주고 치호의 방을 나섰다.

추첨식은 점심을 먹고 나서나 진행된다고 했으니 그 사이 잠시 거점을 둘러볼 수 있을 것 같았다.

어제 도착하자마자 거점을 대충 둘러보긴 했지만, 이 거점 텔로시는 잠깐 보는 것만으로는 충분치 않았기에 좀 더 거점을 둘러볼 생각이었다.

치호는 잠시 몸을 단정히 하고 숙소 밖으로 나와 거점을 둘러보기 시작했다.

오늘 추첨식이 있다고 하더니 거리에는 벌써 사람들이 삼삼오오 모여들기 시작한 것 같았다.

"드디어 오늘이구만?"

"이번에는 누가 이길 것 같은가?"

"뭐… 지난해 우승자인 신창 '살리타' 아니겠어?"

"잉? 살리타? 아니야, 이번에 전장의 광녀일 것 같은데?"

"으… 그 또라이 같은 년은 이야기도 꺼내지 마! 어휴, 내가 그년한테 죽을 뻔한 것만 생각하면 아직도 치가 떨려!"

한쪽에서는 이번 대회에 대해 이야기가 한참이었다. 과연 미소에 대한 악명이 높은지 그녀에 대한 이야기 중에 좋은 이야기는 없었다.

치호는 다소 한숨을 쉬며 다른 이들이 하는 이야기를 들었다. 그들은 또 다른 이야기를 하는 것 같았다.

"어제 '영광의 기록서' 공지 봤어?"

"아, 그 레핀인가? 뭣인가 하는 놈들 이야기?"

"대단하지 않아? 테스트 필드에서 자기 길드원 전부를 함께 끌고 온다는 소리는 이번에 처음 들었거든."

"뭐… 대단하긴 하지. 나도 세 번째 필드에서 길드에 들어 본 경험상… 그렇게 길드원 챙기는 길드장이 드물긴 해."

"우리도 그 사람 밑에 들어가면 그만큼 챙겨줄까?"

"아서라, 아서. 거기 텃세가 심할 것 같은데? 필드를 같이 넘 어온 녀석들이라면 그 유대가 어디 보통이겠어? 일단 상황 좀 지켜보자고. 제대로 정보가 돌기 전까지는 말이야."

사람들의 말을 들어보니 '영광의 기록서'에 대한 이야기도 심심치 않게 들려왔다.

과연 치호의 예상대로 레핀의 등장은 거점의 분위기를 혼란스럽게 하는 것 같았다.

지금은 초기라 서로 눈치를 보는 것 같았지만 앞으로는 어떻게 될지 확신할 수 없었다.

'상대적으로 중립 거점에서 인원들이 많이 빠져나갈 것 같군. 비교적 자유로운 것 같으니… 골치군, 골치야.'

치호가 사람들의 이야기를 들으며 텔로시를 돌아다닐 때쯤 치호를 어떻게 찾았는지 한 테스터가 뛰어와 말했다.

"여기 계셨군요. 후우. 한참 찾았습니다."

"음?"

"마스터께서 치호 님을 추첨식에 안내하라고 해서 말입니다. 슬슬 추첨식에 가서야 할 것 같습니다."

"아, 벌써 그렇게 됐나? 미안하군. 괜히 나 때문에."

잠시 사람들의 이야기를 듣는다는 게 흥미로운 이야기가 많아 정신을 놓고 듣다 보니 벌써 시간이 많이 흐른 것 같았다.

치호는 자신을 안내하는 테스터를 따라 추첨식장으로 향했다.

＊　　　＊　　　＊

"잠시 후 추첨식이 거행됩니다! 추첨에 참석하시는 각 거점의 대표들은 이쪽으로 모여 주십시오!"

식장에 도착하자 추첨은 금방이라도 진행될 것 같았는데 다행히 늦지는 않은 것 같았다.

"휴… 늦지 않은 것 같아 다행입니다. 치호 님, 저쪽으로 가시면 됩니다. 저는 이곳에서 기다리고 있겠습니다."

"고맙군. 그럼 다녀오지."

"치호 님! 파이팅입니다!"

자신을 안내한 테스터의 말에 치호는 피식 웃으며 추첨식이 진행되는 단상을 올랐다.

그곳에는 추첨에 참여하기 위해 모인 각 거점의 대표 테스터들이 보였다. 숫자는 대략 50여 명쯤 되어 보였는데 네 번째 필드의 중립 거점 숫자와 비교해 봤을 때 각 거점이 대부분 참여한 것 같았다.

'역시… 미소는 없군.'

추첨식장의 단상에 있는 사람들 중 혹시 미소가 있는지 찾아보았지만 역시 그녀의 모습은 보이지 않았다.

'대리인을 보낸 건가. 예상은 했지만 아쉽군.'

미소가 대표로 있는 중립 거점 '벨라탄'은 어째서인지 미소를 꼭꼭 숨기고 싶어 하는 듯한 눈치였기에 지금의 상황을 대충 예상하긴 했다.

'그런데… 확실히 다르긴 하군. 아주 찌릿찌릿해. 재미있겠어.'

과연 각 거점을 대표하는 이들이라서 그런지 모여 있는 그들의 기세가 보통이 아니었다. 더군다나 아직 누구와 싸워야 할지 모르기 때문에 벌써부터 신경전이 보통이 아닌 것 같았다.

치호는 각 거점의 대표들이 모여 있는 곳으로 천천히 걸어가기 시작했고 그들과 가까워질수록 피부가 찌릿찌릿한 기분이 들었다.

늦게 온 탓인지 단상에 오르는 치호의 모습에 이미 대기 중이던 다른 대표 테스터들의 시선을 한 몸에 받았다.

하지만 치호가 어제 막 도착했음에도 불구하고 어쩐지 치호에 대한 소문이 돌았는지 알아보는 듯한 눈치였다.

대표 테스터들이 술렁이기 시작한 것이다.

"흥, 영광의 기록서에 등재된 인물이라기에 잔뜩 긴장했는데 별것 아니군."

"이번엔 광녀만 조심하면 되겠어."

"체구도 그렇게 크지 않은 걸 보면 스피드 타입인가?"

"검이라… 괴물들을 상대하는 데 검을 들고 다닐 만한 이유가 있겠지. 관련 스킬이 있는 건가?"

치호의 걸음걸이부터 착용하고 있는 무기까지 대기 중인 테스터들이 날카롭게 뜯어보기 시작했다.

1회전에서 자신과 붙을지도 모르는 상대이기 때문에 벌써

부터 상대를 조금이라도 알아보려는 노력을 아끼지 않는 모습이었다.

'과연… 다른 테스터들과는 조금 다른 면모를 보이긴 하는군. 그래도 이게 전부라면 조금 실망인데.'

치호를 얕잡아 보는 이들은 치호의 눈길조차 받지 못했다. 상대의 기량조차 제대로 파악하지 못하는 녀석들에게 시선을 줄 만큼 치호도 한가하지 않았기 때문이었다.

치호 역시 다른 이들의 역량을 파악하기 위해서 근육의 발달 정도나 체형, 사용하는 무기, 그리고 사용자의 손 등을 빠르게 체크했지만 딱히 치호의 눈에 띄는 이는 보이지 않았다.

'진짜 강자들은 대리인을 내세운 건가? 아니면 이게 네 번째 필드의 객관적 실력인가?'

추첨식에 참여해서 참가자들을 살펴보면 네 번째 필드의 수준을 가늠할 수 있을 것이라 판단했는데 그렇지만도 않은 것 같았다. 뛰어나 보이는 테스터가 몇몇 있긴 했으나 그 사이사이에 정신 빠진 듯 멍한 얼굴의 테스터도 간혹 보이는 것 같아 다소 실망한 것이다.

각 거점의 대표 테스터들이라기에 기대를 많이 했던 모양인지 치호는 다소 실망했지만, 그것을 얼굴에 티 내지는 않고 조용히 추첨이 시작되기를 기다렸다.

"자, 시간이 다 되었으니 이제 추첨을 시작하겠습니다."

추첨식의 진행자는 익숙하다는 듯 추첨식을 진행하기 시작했다.

"추첨에 앞서 공지드릴 것이 있습니다. 이번 추첨식에는 거점 벨라탄의 신성 미소와 지난 회 우승자인 신창 살리타를 비롯한 6인이 대리인을 보낸 것을 미리 말씀드립니다."

진행자의 말을 들어보니 몇몇 테스터들은 직접 참여하지 않고 대리인을 보낸 것 같았다.

미소와 살리타 모두 대리인을 보낸 것으로 보아 강자들은 자존심을 세우느라 직접 참여하지 않았을 가능성이 크다.

'미소를 볼 수 있나 싶었는데 포기해야겠군. 최도현이 좋은 소식을 가지고 오길 기다리는 수밖에.'

치호가 미소와 참가자들의 생각을 하는 동안에도 추첨식은 빠르게 진행되었다.

강자가 빠진 추첨식은 치호에게는 다소 지루한 행사였지만 거점 텔로시에 모여든 테스터들은 대전 순서를 뽑는 것도 즐거운 일인지 한 명, 한 명 대전 순서가 정해질 때마다 열화와 같은 환호성을 보냈다.

"이번 순서는 테스터 황치호입니다! 여러분들도 아시다시피 테스터 황치호는 '영광의 기록서'에는 독불장군이란 별칭으로, 직업은 아직 알려진 바 없는 '진실의 탐구자'라는 기묘한 직업을 가지고 있는 인물입니다!"

추첨식의 진행자는 모여든 테스터들의 흥미를 돋우기 위해서 각 테스터들의 정보를 가미해 참여자들을 소개했다.

그것에 치호도 예외일 수는 없었다.

"하지만 네 번째 필드에서 활동한 지는 얼마 되지 않았다고 합니다. 그런 그가 이번 무투 대회에서 어디까지 올라갈 수 있을까요? 자! 테스터 황치호입니다!"

치호는 자신에 대한 소개에 피식 웃으며 진행자와 적당히 어울려 주었다. 신상에 대한 것들은 이미 '영광의 기록서'에 등재되어 있는 내용이라 큰 문제 될 것 없었기에 행사 분위기에 맞춰주는 것이었다.

진행자의 말에 따라 앞에 놓인 상자에서 손을 집어넣어 구슬 하나를 뽑아 올렸다. 그 작은 구슬에는 C-1이란 글씨가 적혀 있었고 그것을 본 사회자는 그 구슬을 높이 치켜들며 외쳤다.

"C조 첫 번째 경기입니다! 오호! 상대는 지난 회 16강에 들었던 장사 도비테! 첫 번째 경기부터 테스터 황치호의 실력을 알아볼 수 있는 좋은 기회입니다! 여러분, 이 경기를 놓치면 후회하실 겁니다!"

진행자의 말에 추첨식을 관람 중이던 테스터들은 환호성을 질렀다. 치호는 뭐가 그리도 흥밋거리인지 이해할 수 없었지만, 그냥 그러려니 하고 물러났다.

현대에서처럼 티비나 여러 여흥 거리가 있는 곳이 아닌 이 삭막한 테스트 필드에서 테스터들이 저렇게 웃고 떠드는 것도 처음 보는 광경이기에 치호는 썩 나쁜 기분은 아니었다.

괴물들과의 전투에 힘겨워하던 세 번째 필드의 테스터들과는 달리 한결 여유가 있을뿐더러 이제는 이런 축제도 만들어 여흥을 즐기는 모습이 보기 좋았기 때문이다.

'이제야 사람 사는 곳 같군. 전쟁만 없었다면 네 번째 필드는 그럭저럭 괜찮은 필드일 텐데… 아쉽게 됐어.'

치호의 작은 바람이 있다면 같잖은 세력 싸움은 그만하고 서로 힘을 합치는 것인데, 현실적으로 힘들다는 것을 알기에 혼자 씁쓸한 미소를 지을 뿐이었다.

더욱이 네 번째 필드가 곧 혼란한 시기를 맞이할 것이란 걸 예상하고 있었기에 지금의 저 환호가 더 씁쓸하게 느껴졌다.

하지만 치호의 그런 생각과는 다르게 추첨식은 점점 무르익어 끝을 향해 달려갔다.

*　　　　*　　　　*

"자! 이번에 소개해 드릴 테스터는… 음?"

지금까지 물 흐르듯 진행을 잘해온 진행자는 당황스러운 상황이라도 생겼는지 일순 말을 잇지 못했다.

하지만 이내 당황한 얼굴을 감추고 웃으며 말하기 시작했다.

"오호, 이런 경우는 드물긴 합니다만… 이 테스터에 대한 신뢰가 대단한 것 같습니다. 이번에 소개해 드릴 테스터는 지난번 무투 대회에서 1분도 버티지 못하고 탈락한 거점 포차드의 대표 스티븐입니다."

진행자의 말에 각 거점의 대표들 사이에서 한 사내가 걸어 나왔다. 하지만 걸어 나오는 스티븐이란 사내를 보면서 치호는 미간을 찌푸렸다.

뭔가 상태가 이상했기 때문이었다.

'뭐지? 저런 이가 거점의 대표라고?'

척 보기에도 너무 약해 보였다. 아니, 약해 보인다기보다 컨디션이 최악인 것 같았다. 기본적으로 근육이라고는 찾아볼 수도 없는 얄팍한 팔다리는 툭 건들기만 해도 부러질 것 같았고 그에게 느껴지는 기백도 없었으며, 더욱이 눈도 흐리멍덩한 게 제정신이 아닌 듯한 표정이었다.

아무리 상상할 수 없는 스킬과 이변이 난무하는 필드에서의 전투라지만 저런 이를 대표로 내세운 거점 '포차드'라는 곳을 이해할 수가 없었다.

그래도 뭔가 숨겨진 한 수가 있지 않을까 하는 생각에 그를 계속해서 주시했지만, 걸음걸이도 엉성한 것이 도무지 제정신인 것 같지가 않았다. 마치 약에 취해 있는 듯한 모습이어서 치호는 고개를 돌리고 신경을 꺼버렸다.

아무리 생각해도 저 스티븐이라는 자는 이번 무투 대회에 어울리는 자가 아니었기 때문이었다.

다른 테스터들도 반응은 치호와 마찬가지였다. 지금 이 추첨식을 관전하고 있는 테스터들은 비록 각 거점의 대표로 뽑히지 않았다 하더라도 그들 하나하나가 전부 네 번째 필드까지 무사히 올라온 역전의 용사들이나 다름없다.

그런 그들이었기에 지금 단상 위에 있는 스티븐의 상태가 어떤지 한눈에 알아본 것이다. 딱 봐도 상태가 정상으로 보이지 않는 스티븐을 향해 야유를 보내기 시작한 것이다.

"흥! 포차드는 무슨 생각으로 저런 놈을 내보낸 거야?"

"무투 대회도 한물갔군. 저런 놈이 나오는 걸 보면 말이야."

"스티븐! 쪽팔리지도 않냐? 네가 대표면 나도 대표다 임마!"

스티븐의 등장에 다소 분위기가 과격해질 조짐이 보이자 진행자는 그런 분위기를 반전시키고자 애쓰기 시작했다.

"자, 지난번에 이어 두 번째 출전인데요. 거점 포차드의 신뢰가 대단하군요. 실력이 비약적으로 상승했기 때문일까요? 스티븐, 이번 무투 대회에 임하는 각오 한 말씀 해주시죠!"

진행자는 최대한 아무 일 없는 듯 진행하려고 했지만, 스티븐마저 도와주지 않았다. 진행자의 물음에 그저 넋 빠진 얼굴로 멍하니 서 있기만 할 뿐이었다.

그것도 모자라 입에서는 침까지 질질 흘러내리는 것 같았다.

치호는 그런 스티븐의 모습에 인상을 찌푸리면서도 그의 행동을 주시했다. 어쩐지 상황이 이상했기 때문이었다.

'뭐지? 반응을 보니 대회가 원래 이런 것 같지는 않은데… 게다가 저 녀석… 침까지 흘리는 걸 보면 완전히 정신이 나간 것 같은데 여긴 어떻게 참여한 거지?'

치호는 문득 상황이 이상하게 돌아가는 것 같아 슬쩍 주변을 둘러보았다. 하지만 스티븐에 대해서 야유하는 군중들이 보일 뿐 별다른 특이점을 찾지 못했다.

동공이 풀린 채로 멍하니 허공만 바라보던 스티븐이 움직이기 시작한 것은 바로 그때였다. 스티븐이 진행자의 말에는 대답도 하지 않고 멍한 표정으로 품에서 무언가를 꺼내기 시작한 것이다.

'대체 뭘 하려고… 응? 저건?'

치호는 스티븐이 품에서 꺼내는 게 무엇인지는 단번에 알아챌 수 있었다. 자신만 해도 엊그제까지 사용하던 물품이었기에 모르려야 모를 수 없는 물품이었다.

'차림의 뿔피리? 저걸 왜?'

스티븐이 품에서 꺼내 든 것은 치호가 거점을 이동하면서

밤마다 사용했던 바로 그 물품 〈차림의 뿔피리〉였다.

하지만 그것을 꺼내는 이유를 도통 알 수가 없었다. 치호는 저 아이템의 효과를 알기에 거점 안에서는 전혀 위협이 되질 않다는 것을 알고 있기 때문이었다.

'거점 안에서 뿔피리를 불어봐야 아무런 효과도 없을 텐데? 괴물들이 도발될 것도 아니고… 저건 대체 왜?'

치호가 의문을 표하는 사이 스티븐은 이미 〈차림의 뿔피리〉를 입에 대고 불기 시작했다.

뿌오오오오!

다소 어처구니없는 광경에 군중들은 일순 얼음이 된 것처럼 침묵했고 거점 텔로시에는 스티븐이 분 〈차림의 뿔피리〉 소리가 멀리 울려 퍼졌다.

"에이, 미친놈이! 당장 끌어내! 뭐 저런 놈이 대표라고… 대회 운영 똑바로 안 하냐?"

"난 이 대회 보려고 멀리서 왔는데 아주 개판이구만!"

"꺼져라! 스티븐!"

정신을 차린 테스터들이 일순 야유를 퍼붓기 시작했고 더 이상 진행자도 성난 군중들의 요구를 들어주지 않을 수 없어 보였다.

진행자가 고개를 절레절레 흔들며 스티븐을 끌어내려고 하는 그때 성난 테스터들을 잠재우는 불길한 소리가 거점 텔로시에 퍼지기 시작했다.

쿠웅.

쿠웅.

원인을 알 수 없는 불길한 소리가 거점 텔로시에 울려 퍼짐과 동시에 치호를 비롯한 모든 테스터들의 눈앞에 새로운 메시지가 떠오르기 시작했다.

테스터들은 새롭게 떠오른 메시지를 읽기 시작했고 메시지를 다 읽은 테스터들의 얼굴은 딱딱하게 굳어져 갔다.

제2장
혼란 Ⅰ

치호는 떠오른 메시지를 빠른 속도로 읽기 시작했다. 지금 거점 텔로시에 울려 퍼지는 소리가 심상치 않았기 때문이다.

<완성된 차림의 뿔피리가 발동되어 주변의 괴물을 도발합니다.>
<차림의 뿔피리의 효과와 거점 방어 체계가 상충합니다.>
<특수 물품 차림의 뿔피리의 효과를 우선 처리합니다.>
<거점 티벨론의 방어 체계가 일시 정지됩니다.>
<괴물들을 도발합니다.>

'대체 이건 무슨! 〈차림의 뿔피리〉에 이런 효과가 있었다니… 제길, 내 실수다.'

치호는 떠오른 메시지에 입술을 깨물 수밖에 없었다. 아무래도 〈차림의 뿔피리〉의 도발을 30회 처리하면 아이템이 완성되는 모양이었다.

메시지에서 〈완성된 차림의 뿔피리〉라고 언급하고 있는 것을 보면 말이다. 즉 치호가 만약 거점 텔로시에 도착하기 전에 30번의 사냥을 완수하고 해당 물품의 효과를 먼저 알았다면 지금과 같은 일은 일어나지 않았을 것이다.

스티븐을 계속해서 주시하고 있었기 때문에 녀석이 뿔피리를 불기도 전에 녀석의 손목을 날려 버렸을 테니 말이다.

하지만 이런 효과를 예상하지 못했던 치호는 스티븐이 뿔피리를 불 때까지 멍청하게 그것을 바라보고만 있었다.

그랬기 때문에 치호는 자신의 실수라고 생각한 것이다. 자신의 안일한 행동이 이런 결과를 불러일으킨 것만 같았기 때문이다.

뭔가 효과를 알 수 없는 아이템이 상점에서 팔고 있다면 필드 안의 누군가는 분명 그 물건을 완성한 사람이 있을 것이란 것을 상정하지 못한 것이다.

'제길… 괴물들이 도발되었다면 제1 목표물은 스티븐이 될 터… 저 상태라면 목숨을 내놓은 건가? 아니면… 주술?'

스티븐의 상태로 보았을 때 스티븐이 저 뿔피리의 도발을 30번이나 견뎌냈다고는 생각되지 않았다.

분명 저 뿔피리를 건네고 테스터들이 가장 많이 모이는 추첨식에서 사용하라고 사주한 자가 있을 것임이 틀림없다. 아니, 자신의 목숨을 내놓고 저런 짓을 할 사람은 없을 테니 아마도 모종의 다른 수를 쓴 것 같았다.

스티븐은 이런 미친 짓을 해놓고도 아직도 단상에서 멍한 표정을 짓고 있을 뿐이었으니까.

'누구냐… 대체 누가 이런 짓을 한 거야.'

치호가 〈차림의 뿔피리〉와 자신의 실책에 대해 생각하고 있을 때 다른 테스터들도 메시지를 읽고 상황이 어떻게 돌아가는지 대충은 파악한 듯 술렁이기 시작했다.

"잠깐… 이게 무슨 소리야? 거점 방어 체계가 정지되다니?"

"그렇다면… 지금 이 소리는 괴물들이 몰려 오는 소리야?"

"이런 미친!"

사람들이 혼란스러워할 때 그런 혼란을 가중시키는 소리가 거점 텔로시를 울리기 시작했다.

땡땡땡땡땡!

습격을 알리는 경보 소리가 동시다발적으로 사방에서 울리기 시작한 것이다.

괴물들이 거점으로 몰려드는 것은 둘째 치고 습격이라니, 테스터들은 도무지 정신을 차릴 수 없었다.

바로 그때.

쿠르르릉.

거점의 한쪽 성벽이 힘없이 무너져 내리기 시작했다.

성벽이 무너지면서 시야를 가리는 흙먼지가 피어올랐고, 그런 흙먼지 속에서 정체를 알 수 없는 그림자 무리가 속속들이 나타나기 시작했다.

그 그림자의 수는 점점 늘어나기 시작했고 성벽이 무너지며 생성된 흙먼지가 가라앉을 때쯤 그들의 대표로 보이는 이가 나서서 소리치기 시작했다.

"짐승의 왕, 콴의 명에 따라 중립 거점 텔로시 징벌을 시작하겠다. 반항하는 자들은 모조리 사살하고 모든 거점의 마스터를 생포하라."

대표로 보이는 자가 외침과 동시에 그가 끌고 온 자들이 일사불란하게 움직이기 시작했다.

모든 인원은 충분하게 파악되지 않으나 준비를 단단히 하고 온 듯 무너진 성벽을 통해서 끝도 없이 인원이 들어오고 있었다.

"콴이다! 콴이 습격했다!"

"제길, 이게 무슨 개 같은 경우야!"

"어? 스킬이 사용된다!"

"뭐? 거점인데 스킬이 사용된다고? 아… 제길 거점 방어!"

추첨식 행사에 몰려든 사람들은 난데없는 습격에 어찌할 바를 모르고 우왕좌왕하기 시작했다.

그런 모습을 보며 치호는 머리에 손을 짚으며 한숨을 내쉬었다.

'이런… 제대로 한 방 먹었군.'

녀석들의 기습 타이밍이 너무나 좋았다. 하필 지금 같은 상황에서의 습격은 뼈아픈 일격으로 작용할 것이 틀림없기 때문이다.

그렇게 테스터들이 혼란에 빠져 허우적거릴 때 다시 한 번 성벽이 무너지는 소리가 들렸다. 이번에는 반대쪽 저 멀리 있는 성벽이 무너져 내린 것이다.

키시시시.

카라라락.

괴물들이었다.

도발된 괴물들이 성벽을 허물고 하나둘 거점 안으로 진입하기 시작했다.

'튼튼해 보이던 성벽이 저렇게 쉽게 무너질 리가… 제길. 콴 녀석들이 준비가 철저했나 보군. 이거 어쩌면… 오늘 거점 텔로시의 주인이 바뀔지도 모르겠군.'

치호가 주변 상황을 파악할 때 드디어 콴의 세력이 테스터들이 몰려 있는 행사장으로 몰려들기 시작했다.

"반항하지 마라! 반항하는 자, 그 목숨을 보장할 수 없다!"

"제길, 차리리 죽음의 길잡이 로펠로가 낫지! 콴이라니!"

"콴은 잡히면 실험체로 쓴다는데… 염병. 보람의 분쇄격!"

"잡히면 다 죽는 거야! 물러서지 마! 아틀람의 나락 쓸기!"

짐승의 왕, 콴의 소문은 무시무시했는지 테스터들은 쉽게 항복하지 않고 맞서 싸우기 시작했다.

이미 거점의 방어 체계가 일시 정지하여 스킬 사용이 가능한 거점 텔로시는 전장이나 다름없었다.

더욱이 거점의 테스터들은 지금 투항했다가는 미래가 어두우리라 판단한 듯 치열하게 싸우기 시작했고 평화로웠던 행사장은 치열한 전투의 현장으로 변해 버렸다.

"마스터! 마스터들을 추격해라! 반드시 생포해야 한다!"

치호는 콴의 녀석들이 외치는 소리를 듣고 미간을 찌푸렸다.

'최도현… 제길. 여기서 녀석들의 기세를 꺾어놔야 하는데.'

전투가 시작되자 각 거점의 대표 테스터들 역시 전장에 합류해 치열하게 싸우기 시작했고 그들의 분투 덕분인지 쉽게 밀리지 않았다. 이 상황에서 치호마저 합세한다면 일말의 희망이 있어 보였기에 재빨리 합류하려는 바로 그때 상대편 녀석들이 외치는 소리가 치호의 귀에 들린 것이다.

최도현 역시 마스터의 자리에 오른 자, 숨겨진 실력이 있긴 하겠지만 콴의 녀석들이 이 정도까지 준비를 철저히 하고 왔다면 그들을 생포할 방법은 이미 충분하게 준비되어 있을 것이다.

그렇기에 치호는 어쩔 수 없이 몸을 물릴 수밖에 없었다.

"98인의 악몽."

치호는 나지막하게 98인의 악몽들을 소환했다. 치호가 소환하는 98인의 악몽들은 여느 때와 마찬가지로 검은 연기에서 형체를 갖추어 나가며 빠르게 치호의 뒤에 시립하기 시작했다.

98인의 악몽에 약간의 변화로 인해 지금 그들이 뿜어내는 기세는 지난번 98인을 불러냈을 때를 상회하는 듯한 느낌이었다. 더욱이 악몽들의 눈에서 피어오르는 검은 귀화는 마치 보는 이들의 심령을 흔들어 놓기 충분해 보였다.

그런 악몽들을 향해서 치호가 명령했다.

"콴의 수하들을 처리하고 거점을 파괴하려는 것들로부터 거점을 지킨다. 방해하는 자들은 모조리 격살한다."

치호의 명령이 떨어지자마자 악몽들은 검은 빛살이 되어 전장에 합류하기 시작했다.

그런 악몽들을 치호는 눈을 떼지 않고 지켜보았다.

'이런 명령에도 반응할 수 있는 건가? 확실히… 뭔가 달라.'

이번엔 치호가 일부러 특정 목표물을 정하지 않고 명령을 한 것이다. 지금까지 악몽들에게 괴물을 처리하라는 등의 명령은 해봤어도 상대 세력을 지정한 적은 처음이었다.

지금은 인간 대 인간이 서로 뒤섞여 싸우는 아비규환 같은 상황이기 때문에 만약 악몽들이 피아를 구별하지 못하고 철저한 살육을 자행한다면 그것은 더 큰 문제를 야기할 수 있기에 주의 깊게 악몽들을 살핀 것이다.

하지만 악몽들은 치호의 걱정과는 다르게 철저하게 콴의 세력만을 골라서 격살하기 시작했다.

더욱이 악몽들끼리의 유기적인 움직임은 숙련된 살인 부대 그 이상이었다.

'좋아, 맡기고 갈 수 있겠군.'

치호는 악몽들의 활약에 이곳을 맡길 수 있을 것 같다는 확신이 들었다.

키시시시!

카라락.

파삭!

잠시 악몽들을 살피는 동안 괴물들도 〈차림의 뿔피리〉의 시발점인 이곳 행사장으로 몰려들기 시작했고 이곳은 이제 인간과 인간, 그리고 괴물까지 합세해서 치열한 전투가 벌어지는 인세의 지옥이 펼치고 있었다.

스티븐은 이미 괴물에게 물려 죽었기 때문에 괴물들은 목표물을 잃어 고삐 풀린 망아지처럼 미쳐 날뛰기 시작한 것이다.

그 사이를 누비며 활약하는 악몽들은 마치 지옥의 악귀인 것처럼 제 몸에 난 상처를 스스로 회복해 가며 치호의 명령을 수행하고 있었다.

"저… 저건 또 뭐야!"

"몰라! 일단 아군인 것 같으니까 신경 꺼! 일단 저놈들부터 조지고 보자고!"

"밀리지 마! 도망가 봐야 다 죽어! 잡혀도 죽는다! 씨불, 어쩐지 네 번째 필드까지 운수가 너무 좋더라니… 오늘로 끝인가."

테스터들은 갑작스레 합류한 악몽들을 보고 다소 당황한 듯했지만, 일단은 아군이라 생각하고 힘을 합쳐 콴을 밀어내기 시작했다.

하지만 그럴 때마다 미쳐 날뛰는 괴물들이 테스터들을 방해했기에 치열한 전투는 계속되었다.

치호는 전투가 치열한 양상을 보이며 일진일퇴를 거듭하는 모습을 보며 일단은 최도현을 확보하려 했다.

콴의 세력 역시 별다른 어려움 없이 테스터들을 제압할 수 있을 줄 알았는데 의외로 테스터들이 격렬히 저항하자 당황한 눈치였다.

게다가 98인의 악몽들의 활약은 일당백이었으니 기습의 장점이 사라지고 치열한 전투가 계속되는 것이다.

치호가 최대한 빨리 최도현의 안전을 확보하기 위해 움직이려 할 때 그런 치호의 발걸음을 막는 목소리가 저 멀리에서 들렸다.

이런 혼란한 상황에서도 치호가 그 목소리를 들을 수 있었던 이유는 그 목소리의 주인공이 뿜어내는 기세가 전투를 치르고 있는 그 어떤 테스터들보다 위험하고 음습했기에 저절로 고개가 돌아간 것이다.

"어머? 또 날 빼고 이렇게 놀고 있는 거야? 응?"

전장을 마치 놀이터처럼 말하는 그 목소리의 주인공은 미소였다. 미소는 전장의 냄새를 맡았는지 어느샌가 전투가 벌어지는 현장에 모습을 드러낸 것이다.

"이렇게 나 빼고 놀면… 언니가 섭하지 않겠어? 아리온의 광기! 언니랑 놀자! 응? 까하하하!"

미소는 전장에 흩뿌려지는 피를 보고 흥분하기 시작했는지 '아리온의 광기'란 스킬을 외친 후 한 치의 망설임도 없이 전장에 뛰어들어 새처럼 날아다니기 시작했다.

"꺄하하하!"

즐거운 듯 쾌활하게 웃으며 전장을 사뿐사뿐 걷는 그녀의 발걸음이 한 발짝 움직일 때마다 그녀의 뒤로는 붉은 피의 꽃이 피어올랐다.

만개하는 그 피의 꽃을 보며 미소는 황홀하다는 듯 테스터들의 피로 온몸을 적시며 전장을 누비기 시작했다.

전장의 광녀라 불리는 그녀가 전장에 합류한 것이다.

피아를 구분하지 않는 그녀 덕에 혼란스럽던 전장은 한층 더 걷잡을 수 없는 살육의 현장으로 변모하기 시작했다.

미소의 등장으로 전장의 분위기는 한층 더 달아올랐고, 치호는 미소의 등장부터 전투에 임하는 순간까지 일련의 과정을 보며 입술을 깨물 수밖에 없었다.

'제길… 하필 이럴 때!'

치호는 지금 이 순간 결정을 내려야 했다.

마스터 최도현의 안전을 확보하러 갈지 아니면 미소를 만나 대화를 나누어 볼 것인지를 말이다.

하지만 지금 상태의 그녀라면 아마 제압이 우선적으로 선결되어야 할 문제일 것 같았다.

지금 그녀는 스킬의 영향인지 아닌지 확실치 않아도 분명 어떤 식으로든 문제가 있어 보였다.

치호가 잠시 고민하고 있을 때 치호의 결정을 도와주는 이들이 새롭게 등장하기 시작했다.

조금 늦게 전장에 합류했지만, 그들에게서 느껴지는 힘은 보통이 아니었다. 특히나 창을 다루고 있는 저 사내는 그중에서도 단연 돋보였다.

"콴이 드디어 미쳤구나. 중립 거점을 타격해? 그것도 나, 신창 살리타가 있는 곳을! 콴이여, 오늘 일을 반드시 후회하게 해주마!"

새롭게 등장한 바로 그가 지난 대회 우승자라던 신창 살리타라는 사내였다. 나이가 조금은 지긋해 보이는 그였지만 그의 움직임만은 그 어떤 테스터들보다 발군이었다.

더욱이 그의 창이 허공을 가를 때마다 적들의 머리 두어 개가 동시에 떨어져 바닥을 굴렀다.

'저자가 신창 살리타? 저자까지 이곳에 왔다면… 대체 거점의 마스터들은 누가 호위를 하고 있는 거지? 젠장. 큰일이군.'

신창 살리타의 등장으로 일순 전투의 양상이 중립 거점쪽으로 기우는 듯했고, 테스터들이 소리치기 시작했다.

"신창 살리타가 합류했다!"

"이길 수 있다!"

"살리타뿐만이 아니야! 지난해 상위 랭크들이 모조리 전장에 합류했다구!"

"이길 수 있다. 조금만 버텨!"

신창 살리타와 함께 합류한 이들이 행사에는 불참했던 강자들인 것 같았다. 그들 역시 전장의 기운을 감지하고 이곳으로 바로 달려온 것 같았다.

그들은 확실히 다른 테스터들과는 달리 독보적인 실력을 갖추고 있었다. 그들의 합류로 인해 전세 자체가 역전되는 분위기가 느껴졌기 때문이다.

그런 그들의 등장으로 치호는 오히려 결정하기가 쉬워졌다.

'후우… 좋아. 미소는 전투가 끝나고 난 다음 만나도 늦지 않을 터, 지금은 최도현 쪽이 더 위험하다.'

전장은 어느 정도 우세를 점칠 수 있을 만큼 세가 기울고 있었기에 치호는 최도현의 안전을 확보하기 위해 움직였다. 전장은 새롭게 등장한 중립 거점의 강자와 자신이 소환한 98인의 악몽들이면 충분할 것 같았다.

더욱이 98인의 악몽들은 이런 난전에서 가장 빛을 발하는 존재들이기 때문에 더욱 믿을 만했다.

'일단 벨라탄의 숙소 근처를 찾아봐야겠군.'

치호는 오전에 최도현과 했던 이야기들을 떠올렸다. 분명 미소와의 자리를 만들어본다며 행사가 진행 중일 때 벨라탄의 인물들과 만날 것이라 했기 때문이었다.

그렇다면 지금 최도현이 있는 곳은 벨라탄의 숙소 어딘가가 될 확률이 높았기에 빠르게 방향을 잡고 달려가기 시작했다.

중립 거점 벨라탄의 숙소는 이미 어딘지 알고 있기에 망설임 없이 달릴 수 있었다.

지난밤 미소를 만나기 위한 계획을 실행하려 했기 때문에 벨라탄의 숙소 정도는 미리 봐둔 것이다. 그것이 이렇게 도움이 될 줄은 몰랐는데 미리 알아봐 두길 잘한 것 같았다.

콰앙!

크라라라라!

키시시시.

치호가 벨라탄의 숙소로 향하는 도중에도 거점의 곳곳에서 불기둥이 솟아오르기도 하고 괴물들의 거친 울음이 들리기도 했다.

현재 행사장뿐만 아니라 동시다발적으로 거점 전역에 걸쳐 전투가 벌어지고 있는 것이다.

최도현의 안전만이라도 확인되면 최대한 빨리 전장에 합류해야 할 것 같았다. 그렇지 않으면 비록 전투에서는 승리하더라도 벨라탄은 복구할 수 없는 피해를 입고 결국 해산하게 될지도 몰랐기 때문이었다.

'최도현… 어디 있는 거냐.'

치호는 빠르게 이동하면서도 〈광인의 영역 선포〉를 이용해 최대한 최도현의 기척을 찾으려고 애썼다.

하지만 혼란한 거점 텔로시는 치호의 감각을 계속해서 흐려놨기 때문에 최도현을 찾기가 여간 힘든 게 아니었다.

콰콰쾅.

주변에서 건물이 터져나가는 듯한 폭발음은 점점 치호를 초조하게 만들었다. 그때 치호의 시야에 심상치 않은 분위기로 대치하고 있는 두 무리가 눈에 띄었다.

'저건… 찾았군!'

최도현의 무리였다.

다행히 늦지 않게 최도현을 찾은 것 같았다.

최도현의 주변에는 최도현뿐만 아니라 못 보던 얼굴도 있었는데 다들 기세들이 보통은 넘어 보였다.

아마도 각 중립 거점을 책임지고 있는 마스터들이라는 생각이 들었다. 그들이 한데 모여 있었던 것이다.

"타이라, 네가 미친 거냐! 거점 포차드를 버릴 생각으로 콴에게 협력한 것이냐!"

"그 인간 같지도 않은 콴의 밑에 들어가 개처럼 발이나 핥겠다고? 부끄러운 줄 알아야지!"

"이 버러지 같은 놈. 어찌 포차드의 테스터들을 버릴 수 있단 말이냐!"

최도현과 그 일행들의 무리에서는 대치한 상대 세력에게 거친 말을 쏟아내고 있었다.

아마도 이 사달을 만든 장본인인 거점 포차드의 마스터가 상대 세력에 있는 것 같았다.

스티븐을 무투 대회의 대표로 내보낸 거점 포차드의 마스터가 말이다. 한동안 최도현 쪽의 말을 가만히 듣고 있던 반대쪽 세력에서도 반박의 말소리가 들렸다.

"흥, 너희들 마음껏 생각해라. 그래도 대세는 변하지 않아! 언제까지 네 번째 거점에서 알콩달콩 살 수 있을 것 같은가!"

"저… 저! 말하는 것 좀 보소! 이 버러지 같은 놈!"

"그럼 혼자 조용히 콴의 발이나 핥을 것이지 이 무슨 미친 짓이야! 저런 미친 자식은 매가 약이지!"

잠시 고성이 오가는 듯하더니 이내 포차드의 마스터 타이라가 거칠게 외쳤다.

"머저리들은 너희다! 큰 그림을 봐야지, 어설프게 중립 거점이니 뭐니 하면서 경쟁을 포기한 것들. 너희들과 더 이상 할 이야기는 없다! 준비해!"

그 순간 타이라의 세력 쪽에서는 입에 재갈을 물리고 온몸이 쇠사슬로 꽁꽁 묶인 괴물들이 대거 등장하기 시작했다.

치호가 네 번째 필드에 와서 처음 보았던 전장에서 쓰인 바로 그 괴물들이었다.

콴의 세력이라고 하더니 이런 괴물까지 준비해 둔 것 같았다.

타이라의 말 한마디에 그 말을 따르는 이들이 괴물들을 끌고 오기 시작했고 점차 숫자가 늘어났다.

지금 끌고 오는 괴물들의 모습은 치호가 네 번째 필드에서 〈차림의 뿔피리〉를 사용하며 상대했던 괴물들과는 조금 다른 모습을 가지고 있었다.

뭔가 낯익은 모습이기도 했지만 달랐다.

'그 말이 진정 사실이었군.'

치호는 괴물들의 상태를 살피며 최도현 측의 세력으로 망설임 없이 뛰어들었다.

치호의 움직임은 잔뜩 경계하고 있던 각 거점의 마스터들조차 대응하지 못할 정도로 신속하게 움직여 순식간에 최도현의 옆에 섰다.

"어헛!"

"뭘 그렇게 놀라. 아직은 무사한 것 같으니 다행이다."

"치… 치호 님! 여길 어떻게… 행사장! 그보다 행사장은 어떻게 되었습니까?"

최도현은 지금 같은 위기 상황에도 행사장에 모였던 일반 테스터들이 더욱 걱정이었는지 치호에게 물었다.

그런 최도현의 모습을 보며 치호는 상황에 어울리는 미소를 가볍게 지으며 대꾸했다.

"뭐… 여기보다는? 여기가 더 만만치 않아 보이는군."

"하아… 이런 일이 벌어질 줄… 면목 없습니다."

"네가 사과할 일은 아니지. 저 녀석이 포차드의 마스터인가?"

치호는 포차드의 마스터 타이라를 손으로 가리키며 최도현에게 묻자 최도현이 고개를 끄덕였다.

"이… 이놈들이! 난 보이지도 않는 것이냐! 내 발밑에 무릎을 꿇어도 모자랄 것들이 아직도 정신을 못 차렸군. 쳐라!"

치호의 등장과 함께 최도현과 타 거점의 마스터들의 분위기가 잠시 흐려진 틈을 타 포차드의 마스터 타이라가 공격 명령을 내렸다.

철컥, 촤르르륵.

촤르르륵.

우어어어억!

키시시식!

타이라의 명령이 떨어짐과 동시에 쇠사슬에 묶여 있던 괴물들이 자유를 얻기 시작했다.

재갈과 쇠사슬이 풀린 괴물들은 자유를 얻음과 동시에 최도현 측으로 미친 듯이 쇄도하기 시작했다.

"물러서라. 내가 상대한다."

"하… 하지만 수가 너무 많습니다!"

"너희들이 나서는 건 저들이 원하는 것일 터, 원하는 대로 둘 수 없지. 나 혼자 상대하는 게 빠르다."

카카칵.

치호 한 발짝 앞으로 나와 파멸의 조각으로 바닥에 긴 선 하나를 그었다.

"이 선, 넘지 마라. 넘으면 누구라도 벤다."

치호가 바닥에 긴 선을 그으며 그간 테스터들에게는 보여 주지 않았던 기세를 각 거점의 마스터들에게 여과 없이 뿜어 냈다.

치호가 흩뿌리는 기세는 보통의 테스터들이라면 제대로 서 있을 수도 없을 만큼 농도 짙은 살기였지만 과연 각 거점의 마스터들이라서 그런지 쓰러져 실신하는 인물은 없었다.

하지만 치호의 그 패도 넘치는 기운은 마스터란 자리에 있 는 자리도 망각하게 만들기 충분한 것 같았다.

각 거점의 마스터들은 얼굴이 딱딱하게 굳은 채로 마치 거 부할 수 없는 명령이라도 받은 양 그 자리에서 한 발짝도 움 직이지 않았기 때문이었다.

그런 모습을 보고 치호는 다시 고개를 돌려 코앞까지 쇄도 한 괴물들에게 시선을 주었다.

'빠르게 정리한다.'

치호는 달려오는 괴물들을 최대한 빠르게 정리할 생각이 었다.

지금 이 순간에도 거점 텔로시의 곳곳에서는 아비규환의

전투가 벌어지고 있기 때문에 어서 이 자리를 정리해야 한다고 생각한 것이다.

그래야 각 거점의 마스터들이 나서서 일을 수습할 수 있다.

그러니 〈차림의 뿔피리〉를 사용해 괴물을 상대하던 때처럼 괴물들의 특성을 파악하고 직접 상대해 보는 과정은 과감하게 생략할 작정이었다.

그러기 위해서 각 거점의 마스터들이 자신의 전장에 합류하는 걸 극구 말린 것이다.

괜히 거치적거리는 게 있으면 신경 쓰느라 동선이 꼬이기 때문이고 더욱이 자신이 사용하는 스킬은 적군과 아군을 가리지 않기 때문이었다.

치호는 크게 심호흡을 한 후 나지막하게 스킬을 외쳤다.

"투사의 발걸음. 세뮬라의 마력검."

스킬을 외침과 동시에 치호는 괴물들을 향해 튀어나가기 시작했고 그 뒤로 검은 불길이 치솟아 오른 것은 물론이요, 치호의 검로를 막는 그 어떤 것도 존재할 수는 없었다.

최상급의 테스터들도 치호의 검을 막는 이는 드물 것인데 하물며 이지를 상실한 괴물들이 치호의 검을 막아낸다는 것은 요원한 일로 보였다.

그런 치호의 뒷모습을 보는 각 거점의 마스터들은 그 어떤 말도 할 수 없었다.

오로지 마스터 최도현만이 슬며시 미소를 띠우고 있을 뿐, 그 누구도 치호의 압도적 무력 앞에 입을 함부로 놀리지 못하고 괴물들이 썩은 짚단처럼 쓰러져 나가는 경악스러운 광경을 두 눈에 새길 뿐이었다.

제3장
혼란 Ⅱ

치호의 전투, 아니 학살이 시작된 후부터 거점 텔로시에는 치호의 검은 불길이 탐욕스럽게 세력을 키워가고 있었다.

더욱이 이 상황을 최대한 빨리 정리해야 했기에 치호는 스킬을 아끼지 않았다.

그리고 〈광인의 영역 선포〉뿐만 아니라 생명체의 취약점을 알려주는 〈운명의 동아줄〉, 각종 무구의 취약점을 드러내는 〈장인의 자존심〉까지… 사용 가능한 모든 스킬을 동원하기 시작했다.

그런 치호였기에 괴물들이 가진 그 어떤 외피도, 감추어진 약점도 치호의 눈을 벗어나지 못했다.

단단한 외피라면 깨부수면 그만이고 감추어진 약점이 있으면 드러내면 그만이니 지금 치호를 막아설 수 있는 괴물은 없었다.

더욱이 그 딱딱한 외피를 가졌던 세 번째 필드의 지배자 후보 카바토조차 치호 앞에 무릎을 꿇었으니 아무리 네 번째의 괴물들이라 할지라도 치호 앞에서는 저항할 수 없었다.

치호는 전투 아닌 학살을 자행하며 빠르게 상황을 진압해 갔고 그런 치호의 모습을, 각 거점의 마스터들은 멍하니 바라볼 수밖에 없었다.

그러던 중 한 마스터가 퍼뜩 정신을 차렸는지 고개를 절레절레 흔들며 최도현에게 물었다.

"이보시오, 마스터 최도현. 저게… 우리와 같은 테스터가 맞소? 아니… 애초에 사람이 맞소?"

그 마스터의 말에 다른 거점의 마스터들도 하나둘 정신을 차리는 것 같더니 최도현에게 질문이 쏟아지기 시작했다.

"이봐, 최도현. 저 테스터 레벨이 몇이지?"

"저 스킬에 관해서 아는 게 있나? 저런 말도 안 되는 스킬이라니… 저 미친 괴물들이 저항 한번 못해보고!"

"내가 알기로 저 테스터… 황치호. 이번 무투 대회에 출전시켰던 것 같은데… 저런 괴물을 무투 대회에 출전시켰어? 하아… 최도현 자네 그렇게 안 봤는데 아주 승리에 눈이 멀었구만!"

"지금 그게 할 소리야? 저 테스터의 정체는 대체 뭐지? 어떻게 저런 무력을 갖출 수 있는 거야!"

각 거점의 마스터들은 제각각 말을 쏟아냈지만, 최도현으로서도 그 물음에 모두 답할 수는 없었다.

치호가 다른 테스터들과 차원을 달리하는 무력을 가진 것은 〈차림의 뿔피리〉를 사용했을 때부터 익히 알고 있었지만 저렇게 일개 세력을 박살 낼 정도로 강할지는 상상도 못 했다.

일전에 만약 치호가 거점을 공격하게 된다면 어떤 식으로 공격할까 생각한 적이 있는 최도현은 그 생각을 고칠 수밖에 없었다.

'하아… 내가 잘못 생각해도 한참을 잘못 생각했어. 저 정도 무력이라면 어중간한 거점은 단신으로 가서 쳐부술 수도 있겠군.'

그렇게 생각하니 최도현의 등에서 식은땀이 흘렀다. 저런 괴물같은 인간과 지금껏 함께 이동했다는 사실이 떠오른 것이다.

'행운인가… 불운인가. 후우… 모르겠군.'

최도현은 치호의 전투를 보며 씁쓸하게 웃을 뿐이었다. 자신이 감당하지 못할 무력은 자신에게 독이 될 뿐, 그와 적이 되지 않았다는 것은 행운이지만 그와 가까이 있는 것 자체가 불행이란 생각이 불현듯 들었기 때문이었다.

하지만 그런 최도현의 마음을 아는지 모르는지 주변의 마스터들은 최도현의 대답만을 기다리고 있었다.

최도현 역시 그런 마스터들의 마음을 이해하지 못하는 게 아니기에 천천히 답을 하기 시작했다.

"후우… 말씀드리죠. 사실 저도 그렇게 많이 아는 것은 없습니다. 그저 테스터 미소를 만나기 위해 저와 협력하는 사이라는 것밖에는… 그 외의 것은 여러분들이 아시는 게 맞습니다."

최도현의 말을 들은 각 거점의 마스터들은 술렁이기 시작했다.

지금 치호가 보여주는 무력은 네 번째 거점에 들어온 지 얼마 안 된 자의 무력이라고 하기엔 너무나 강렬했기 때문이었다.

"그런데… 전장의 광녀를 만나고 싶어 한다고? 그 미친년을?"

"그건 또 무슨 소리야? 어째서? 무슨 원한 맺은 사이라도 되나? 광녀의 멱을 따 버리겠대?"

"허어… 광녀의 광기도 여기가 끝이로군… 저런 테스터의 원한을 사다니. 내 언젠가 그년 그렇게 될 줄 알았지. 얼마나 안하무인으로 설치고 다니던지! 흥!"

미소에게는 각 거점의 마스터들이 모두 학을 떼듯 말했고, 그 말을 들은 벨라탄의 마스터가 나와 최도현에게 말했다.

"미소를 만나고 싶어 했다고? 무슨 무슨 의미인지 설명이 필요하군. 다른 이들이 말하는 것처럼 내 소속의 테스터를 노리는 건가?"

벨라탄의 마스터 쿤차가 나서며 말했다.

벨라탄의 마스터는 최도현과는 다르게 오직 무력으로만 마스터에 자리에 오른 자였다.

더욱이 마초적 기질이 있는 자였기에 자신의 소속에 있는 자들은 끔찍이 생각하는 경향이 있었다.

그랬기에 미소가 다른 중립 거점의 지탄을 받으면서도 중립 거점에서 활동할 수 있던 것이다.

마스터 쿤차는 일단 자기 사람이라고 생각하면 무조건 챙기는 사람이었기에 미소가 아무리 전장에서 날뛴다 하더라도 이해한 것이다.

더욱이 그의 마초적 기질은 오히려 전장에서 넋 놓고 있다가 죽은 걸 남 탓하지 말라며 미소를 보호해 주는데 한몫하기도 했다.

그런 성격을 가진 벨라탄의 마스터 쿤차였기에 지금 말은 흘려들을 수가 없었다.

자신 소속에 있는 테스터가 타 소속의 테스터에게 목숨이 노려진다는 것을 알고도 참을 쿤차가 아니었기 때문이었다.

"대답하시오. 그 대답에 따라 앞으로 나와의 관계가 정해질 것이오."

눈을 번뜩이는 쿤차의 말에 최도현은 한숨을 길에 내쉬며 말했다. 지금 상황이 이런 상황인데도 저렇게 한가로운 소리를 하는 걸 보면 그 테스터에 그 마스터라는 생각이 들기도 했지만, 최도현은 자신의 생각을 굳이 표현할 멍청이는 아니었기에 차분히 말을 하기 시작했다.

"그런 건 아닙니다. 제가 알아본 결과, 그런 이유로 테스터 미소를 만나려는 게 아닙니다. 제가 오늘 회의 후 잠시 시간을 내어달라고 한 게 그 이유 때문입니다."

최도현은 이런 급박한 상황에 왜 이런 설명이나 하고 있어야 하는지 몰랐지만, 중립 거점 세력조차 분열되는 것을 막기 위해서는 충분한 설명이 필요할 것 같았다.

그렇기에 차분히 설명하기 시작한 것이다.

최도현이 그간 있었던 일을 모든 마스터들에게 이야기해 주자 벨라탄의 마스터를 비롯한 각 거점의 마스터들도 조금은 납득한 듯 고개를 끄덕였다.

"그런 찰나에 이런 사달이 벌어진 것입니다."

"허… 그런데 정말 '영광의 기록서'에 등재된 인물들은 격이 다른 것인가. 미소조차도 그 본신의 힘을 다 내지 않은 듯 보였는데, 저자 역시도… 후우. 무섭군, 무서워……."

"저런 자들은 대체 어떻게 저리 강한 힘을 내는 것입니까?"

"글쎄… 신들에게 사랑이라도 받고 있는 모양이지. 제길."

치호의 전투를 보며 남부러울 것 없어 보이는 마스터들조차도 씁쓸한 말을 뱉어내기 시작할 때 치호의 전투 역시 끝나가는 듯 보였다.

그렇게 미친 듯 달려오던 콴의 괴물들이 단 1명.

치호 하나를 뚫어내지 못하고 모조리 막힌 것이다.

이 상황에 누구보다 당황한 것은 각 거점의 마스터도 아닌, 이 상황을 만든 장본인, 거점 포차드의 마스터 타이라였다.

자신의 눈앞에 펼쳐진 이 말도 안 되는 광경을 어떻게 이해해야 할지 도통 감도 잡히지 않았다.

타이라 역시 치호의 '영광의 기록서'에 대한 메시지도 확인했고, 그가 이번 무투 대회도 출전할 것이란 것은 예상하고 있었지만 이 정도일 줄 상상도 하지 못한 것이다.

애초에 '영광의 기록서'에 등재된 인물은 잘 나타나지 않다 보니 직접 본 경험이 없었기 때문이었다.

기껏 본 테스터라고 해봐야 멀찍이 떨어져서 테스터 미소가 날뛰는 것을 보았을 뿐이었기에 실제로 그들과 대적했을 때 이런 결과가 나올 것이라고는 상상하지 못했다.

그런 안일함이 지금의 상황을 만들어 놓은 것이다.

'영광의 기록서'를 너무 얕본 것이 패착이었다.

"마… 말도 안 돼. 이런 말은 없었다고! 이건 약속하고 다르잖아! 괴물들을 더 내보내! 더 내보내란 말이야!"

마스터 타이라는 절규하듯 외쳤지만 이미 준비한 괴물들은 치호 앞에서 검은 재로 변해 흩날리고 있을 뿐 더 이상 콴의 세력이 끌고 올 괴물들은 없는 것처럼 보였다.

"후우… 끝났나."

치호 역시 전투가 만만치는 않았는지 깊은숨을 내쉬고 호흡을 갈무리했다.

눈앞의 전투는 끝났지만, 아직 거점 텔로시의 전투는 끝난 게 아니니 마음을 놓을 수 없다.

하지만 일단 눈앞에 포차드의 마스터 타이라는 제거해야 할 것이기에 천천히 타이라에게 한 발짝, 한 발짝 걸음을 옮겼다.

치호가 조금씩 다가올 때마다 타이라는 한 걸음씩 물러서며 격앙된 목소리로 외쳤다.

"으… 오지 마! 오지 말라고! 뭐하는 거냐! 어서 저놈을 처리해! 멍청하게 보고만 있을 거야?"

타이라는 볼썽사납게 주변의 콴 측의 테스터들에게 명령했지만 그들 역시 압도적인 치호의 전투를 보았기에 섣불리 나서는 이는 없었다.

"으… 이 머저리들, 아무짝에도 쓸모없는 것들! 오냐, 내가 직접 상대해 주마! 아티스타의 신체 강화! 오리토의 극한 빙옥!"

과연 타이라 역시 괜히 마스터 자리에 오른 것이 아니었는지 숨겨둔 한 수가 있는 것 같았다.

〈아티스타의 신체 강화〉란 스킬을 사용했을 때 그에게서 느껴지는 투기가 일순 증폭되는 것을 느꼈고 〈오리토의 극한 빙옥〉이란 스킬이 펼쳐질 때는 타이라의 발밑에서부터 천천히 대지가 얼어 붙어갔다.

정확하지는 않지만 점점 넓어지고 있는 저 얼음의 대지 위에 발을 딛는 순간 무슨 일이 일어나도 일어날 것 같았다.

하지만 치호는 피식 웃으며 타이라에게 성큼성큼 다가가며 나지막하게 스킬을 외쳤다.

"셀렌의 안목."

그 순간 치호의 눈앞에 떠오르는 메시지 하나.

〈상대방보다 기량이 높아 '셀렌의 안목'이 발동됩니다.〉
〈오리토의 극한 빙옥 일시 무효화 성공하였습니다.〉

메시지가 치호의 눈앞에 떠오름과 동시에 치호는 타이라에게 쇄도했다.

더 이상 낭비할 시간이 없기 때문이었다.

어서 이곳을 정리하고 미소의 전장으로 가봐야 하기에 질질 시간을 끌고 싶지 않은 것이다.

치호는 지금 이 순간도 〈98인의 악몽〉을 통해 빠져나가는 자신의 힘을 느끼고 있었다. 그렇다면 아직도 그곳은 치열한 전투가 벌어지고 있는 것이기에 이곳에서 낭비할 시간은 없었다.

치호가 타이라에게 쇄도해 파멸의 검을 휘둘렀고 그 순간 타이라의 경악에 찬 두 눈동자가 부릅떠졌지만 치호의 검에 반응할 수는 없었다.

스킬 자체가 무력화된 것은 이번이 처음이었기에 어찌할 바를 몰라 허둥대다가 치호가 눈앞까지 도착하고 나서야 상황을 인지하기 시작한 듯 나지막하게 중얼거렸다.

"이런… 개 같은."

그 순간 휘둘러진 치호의 파멸의 조각은 정확하게 타이라의 목을 노렸지만 예상과 다른 감촉이 파멸의 조각을 타고 치호의 손에 전달되었다.

가가가각!

금속이 마찰하는 소리와 함께 불똥이 튀었다.

콴의 괴물들에게도 막히지 않았던 치호의 검로가 타이라의 목을 베지 못하고 그 언저리에서 그대로 막힌 것이다.

타이라를 베었다고 확신하는 그 찰나의 순간 둘 사이에 한 남자가 끼어들어 치호의 검을 막아낸 것이다.

"휘유… 아저씨. 재미있는 스킬을 가지고 있는데?"

치호는 낯선 이의 등장에 경계하며 재빨리 뒤로 물러나 거리를 벌렸다. 분명 자신의 검을 막을 만한 자는 콴의 무리 중에는 없었는데 어디선가 갑자기 나타난 것이다.

그렇다는 것은 기척을 감추고 자신의 눈을 속일 만한 실력이 된다는 뜻이기에 치호는 일순 온몸의 긴장감을 다시 끌어올리며 날 선 목소리로 물었다.

"누구냐, 너."

치호의 물음에 파멸의 조각을 막은 남자는 지금 상황과는 어울리지 않는 해맑은 웃음을 지으며 말했다.

"나? 알란. 세자르 알란."

그 이름을 듣는 순간 치호의 미간이 꿈틀거렸다.

메이가 그리도 찾던 '알란'이 지금 이 거점 텔로시에 나타난 것이다.

알란은 자신의 이름을 밝혔을 때 치호의 미약하게 꿈틀거리는 미간의 움직임을 읽었는지 의외라는 듯한 표정으로 다시금 말을 잇기 시작했다.

"호오? 표정을 보니… 날 알아? 난 아저씨를 모르는데 그쪽은 날 안다고? 이것도 재미있네? 응?"

메이가 그리도 찾던 세자르 알란이란 사내는 갖춘 실력과는 다르게 가볍게 말하는 것 같았다.

저 행동이 치호와 대치했을 때의 긴장을 해소하기 위한 그만의 방법인지 아니면 원래 그런 성격인지는 잘 몰라도 지금 상황에는 어울리지 않는 말투였다.

하지만 치호는 그런 알란의 성격 따위는 전혀 중요하지 않다는 듯 알란의 말을 이어받았다.

"흐음… 안다고 하면 아는 사이고 모른다고 하면 모르는 사이라고 해둘까?"

"응? 그건 또 무슨 개소리야?"

"내 친구가 너한테 진 빚이 좀 남아 있는 것 같아서 말이지."

치호 역시 별것 아니라는 듯 퉁명스레 답했지만 속으로는 자신의 실책을 떠올리며 짜증을 참아내고 있었다.

'제길. 알란이 중립 거점으로 향했다는 뜻이 여길 뜻하는 거였나? 예상했어야 했는데… 마음이 급해지니 놓치는 게 너무 많아.'

속으로는 자신의 실책을 자책했지만, 그것을 이런 대치 상황에서 티를 낼 정도로 치호 역시 어수룩하지는 않았다.

더욱이 실력을 제대로 가늠할 수 없는 상대를 눈앞에 두고 딴생각을 하는 것은 금물이기에 얼른 머릿속에서 자책하는 마음은 지워 버리고 알란에게 집중하기 시작했다.

알란은 치호의 말을 듣고서 잠시 고민하는 듯하더니 고개를 갸우뚱하며 말했다.

"나한테 빚진 친구? 내가 정리 안 한 게 있었던가?"

"그걸 왜 나한테 물어?"

"하하. 그건 그렇지. 뭐… 짚이는 친구가 있긴 한데… 루바란 이 병신같은 새끼들이 다 된 것도 하나 처리하지 못했나 싶어서 말이지. 조용히 지내느라 적당히 방패막이로 쓴 길드인데 그것도 하나 처리 못 하나?"

알란은 치호를 떠보기 위해 여러 가지 정보를 슬쩍 흘리는 듯했으나 그런 상대의 흔들기 수법에 걸려들 치호가 아니었다.

이보다 더한 흔들기를 경험해 본 치호로서는 표정 하나 변하지 않은 채로 알란과 대화할 뿐이었다.

"도통 표정을 읽을 수가 없네. 아저씨도 산전수전 다 겪은 모양인데… 쳇, 이런 괴물이 있으니 작전이 실패할 수밖에."

알란은 치호와 대화하면서 도무지 파고들 틈이 없자 짜증을 내듯이 툴툴거리며 계속해서 말을 이었다.

"게다가 미소? 그 광녀의 실력도 너무 저평가되고 있는 것 같고… 그 이상한 원주민 같은 놈들은 대체 어디서 나온 건지. 개판이야 개판."

알란이 말하는 원주민 같은 놈들이란 98인의 악몽들을 이야기하는 것 같았다.

녀석이 언급까지 하는 걸 보면 그 악몽들이 전장에서 활약을 제대로 해주는 것 같았다.

알란은 치호가 반응이 없음에도 계속해서 치호의 반응을 살폈다. 일부러 원주민이나 미소 등을 언급하면서 치호의 기색을 살피는 것이다.

새로운 인물의 등장이었기에 치호가 어디까지 관련이 되어 있는지 살피기 위해 일부러 불평을 가장하며 치호에게 심리전을 걸고 있는 것이다.

알란이 하는 말 전부가 송곳같이 치호를 파고들었음에도 불구하고 시간도 촉박한 치호가 아무런 반응도 하지 않고 그의 말을 들어주는 이유는 따로 있었다.

현재 치호가 착용하고 있는 장비 〈드레모의 나태한 강철 군화〉의 효과를 이용하기 위해서였다.

방금 전 칸의 괴물들을 빠른 시간 내에 처리할 생각으로 스킬을 마구 쏟아부으며 마력을 태웠기 때문에 남은 마력이 얼마 되지 않았기 때문이었다.

그래서 일부러 알란의 말을 가만히 들으면서도 시간을 끄는 것이었다. 착용한 강철 군화의 효과로 인해 가만히 서 있으면 체력과 마력의 회복 속도가 100% 증가하니 최대한 채울 수 있는 만큼 채울 생각이었다.

그만큼 알란에게서 느껴지는 기세가 심상치 않았기에 마력을 충분히 채워놓는 것이다.

"아저씨? 뭐라고 말 좀 해보지? 나만 너무 떠드는 것 같잖아?"

치호는 알란의 말에 피식 웃으며 대답했다.

"그래서 그 녀석을 데려가겠다 이 말 아닌가?"

"뭐… 말하자면? 이미 작전은 틀린 것 같고… 타이라는 아직 쓸모가 많아서 말이지."

"그… 그래! 어서 빠지자고! 여긴 위험해, 저런 말도 안 되는 괴물 같은 놈이 있다는 소리는 없었어! 날 여기서 어서 구해 줘!"

알란의 말에 타이라는 낄 때 안 낄 때 구분도 못 하고 어서 도망가자며 알란을 재촉했다.

그 소리를 들은 알란은 미간을 찌푸리며 타이라의 뒷목을 후려쳤다. 그러자 타이라는 실 끊어진 인형처럼 그 자리에 풀썩 쓰러져 버렸다.

"거참… 더럽게 조잘거리네. 방해하지 마."

과연 알란 역시 가볍게 말하는 것 같이 보였지만 치호의 움직임에 온 신경을 다하고 있었다.

타이라가 쓸데없는 말로 자신의 집중을 분산시키자 얼른 타이라를 기절시켜 조용히 만든 것이 그 이유다.

그만큼 알란도 치호를 상대로 긴장하고 있던 것이었다.

"이런, 못 볼 꼴 보여서 미안해. 아저씨? 서운한 것 아니지?"

알란은 이내 고개를 돌리며 치호에게 말했고 치호는 그런 알란에게 퉁명스레 말했다.

"그런데… 누구 맘대로?"

치호는 마력도 마음에 들 만큼 차올랐는지 말이 끝나는 순간 알란에게 쇄도했다.

알란의 기술에 대한 것이나 정보가 따로 없기 때문에 무슨 수작이라도 부릴까 재빨리 녀석에게 달려든 것이다.

씨엑!

공도의 파멸의 조각이 허공을 찢어발기며 알란이 있던 자리를 베었지만, 치호의 손끝에 전해져 오는 느낌은 공허할 뿐이었다.

이미 알란이 자리를 피한 것이다.

"효우, 아저씨. 거 살살 좀 합시다. 타이라만 데려갈게, 난 싸우고 싶은 마음 없다니까? 우리 평화롭게, 좋은 게 좋은 거 잖아?"

이미 안전거리까지 확보한 알란이 치호에게 말했지만 치호는 그런 알란을 놓치기 싫었다.

이왕 여기서 알란을 만났으니 녀석의 멱을 따 메이와의 질긴 인연도 끊어주고 싶었던 것이다.

하지만 알란 역시 만만치 않게 치호의 검을 피해내고 있었다. 메이를 죽음 직전까지 내몬 실력이라서 그런지 과연 얕잡아 볼 녀석은 아니었다.

녀석은 치호의 검까지 이미 한차례 막아본 전례가 있어 치호 역시 만반의 준비를 하고 녀석에게 쇄도했으나, 알란은 치호와 검을 맞대는 것을 피하며 이리저리 피할 뿐이었다.

하지만 그것도 잠시.

"투사의 발걸음, 세뮬라의 마력검."

"어? 잠깐! 스킬 쓰기 있어? 이러면 곤란한데?"

두 가지의 스킬을 외친 치호의 기세가 급변하자 알란 역시 무언가 위험하다는 것을 느꼈는지 일순 눈빛이 변하며 입술을 깨물기 시작했다.

"이거… 여기까지가 한계군. 제길. 모두 철수한다!"

"아직 행사장의 인원이 모두 빠져나오지 못했습니다!"

"어쩔 수 없어. 저 미친놈이 제대로 마음먹은 것 같으니까 나도 더 이상은 시간을 끌 수 없다. 나머지는 버린다."

"예… 옛! 알겠습니다."

시간을 끌고 있었던 것은 치호뿐만 아니라 알란 역시 마찬가지였다. 거점 텔로시에 투입한 병력을 최대한 많이 빼돌리기 위해 치호의 발을 묶어놓고 있던 것이다.

치호가 전장에 합류하는 동시에 그 피해는 불 보듯 뻔하니 알란 자신이 나서서 치호를 마크하고 있던 것이다.

알란은 수하들에게 명령한 후 이내 치호를 상대하며 말했다.

"휘유. 아저씨. 아저씨랑 더 놀고 싶은 마음은 나도 굴뚝같은데 말이지. 나도 맡은 바 책임이 있어서 말이야. 다음에 만나면 같이 칼춤 한번 춰 보자고."

녀석은 뭐가 그리도 자신 있는지 치호에게 다음을 기약했다. 하지만 치호는 전혀 놓아줄 마음이 없는지 다시금 알란에게 쇄도했다. 하지만 바로 그 순간 알란이 무엇인가를 외쳤다.

"피메르의 그림자 메이커."

녀석이 스킬을 외치는 순간 알란의 등 뒤로 검은 그림자가 일어나더니 마치 박쥐의 날개처럼 활짝 펴졌고 그와 동시에 거센 돌풍을 일으키며 그대로 하늘로 치솟아 올랐다.

갑자기 나타난 검은 형체가 알란의 스킬 중 하나인지 마치 날개처럼 이용해 하늘로 날아올랐고 그의 한쪽 손에는 타이라가 들려져 있었다.

이동기가 마땅치 않은 치호는 그저 멀어져 가는 알란을 보며 이를 악물 수밖에 없었다.

"하하하. 아저씨, 다음에 한번 놀아보자고! 지금은 때가 아닌 거 같으니까 말이야."

날아올라 빠르게 시야를 벗어나는 알란을 보며 치호는 대응할 수단이 없었다.

저런 스킬을 가지고 있다는 것을 알았더라면 〈아보크의 싸움터〉를 사용했을 테지만 싸움터에 걸리는 다른 인원들도 있기에 사용하지 못한 것이 녀석을 놓치는 빌미가 되었다.

하지만 알란 역시 치호에게 이런 스킬이 있는 줄은 모를 테니 다음번에 만나면 이렇게 쉽게 녀석을 놓치지 않을 거라는 다짐을 할 수밖에 없었다.

지금은 녀석의 말대로 다음 기회를 기약하는 수밖에 없을 것 같았다.

치호가 멀어지는 알란의 모습에 쓰린 마음을 다잡으며 파멸의 조각을 다시 집어넣을 때 최도현이 조심스레 치호에게 다가왔다.

최도현이 조심스레 치호에게 다가간 이유는 치호에게서 느껴지는 기세가 아직 가라앉지 않아 마치 말이라도 잘못 걸었다가는 저 칠흑같이 어두운 검이 자신을 향할 것 같았기 때문이었다.

"저… 치호 님?"

최도현의 목소리에 치호는 크게 숨을 내쉰 후 최도현을 돌아봤다. 그러자 어느새 치호의 기세는 다시 갈무리되어 평소의 치호와 별반 다르지 않은 느낌이었다.

"타이라는 아쉽게 놓쳤군."

"아! 그… 그렇군요. 하지만 괜찮습니다. 일단은 티벨론에 침입한 콴의 녀석들이 빠져나가는 것 같습니다."

"후… 그럼 여기 정리는 너에게 맡기지. 행사장에 미소를 만나러 가야겠어."

"네? 테스터 미소를요? 굳이… 흠흠. 알겠습니다. 그럼 일단 이곳은 제가 정리하고 있겠습니다."

최도현으로서는 치호의 행동이 이해되지 않은 것이다.

지금껏 치호가 미소를 만나려는 이유를 그저 같은 '영광의 기록서'에 등재된 인물이기에 만나고 싶어 할 뿐이라고 생각했기 때문이었다.

그러니 최도현은 이런 혼란한 상황에 굳이 미소를 만나러 가야겠다는 치호를 이해할 수 없던 것이다.

하지만 최도현도 이제는 그저 그런 이유만이 아니라는 걸 눈치챈 듯 슬쩍 모르는 척하며 치호를 놓아주었다.

아무리 콴의 세력이 빠르게 빠져나가고 있다고는 하나 행사장은 아직 혼란한 상황일 것이기에 치호가 직접 가서 정리를 한다면 애꿎은 희생을 줄일 수 있을 것 같았기 때문이었다.

치호는 최도현의 말이 떨어지자마자 행사장으로 달렸고 치호가 행사장에 도착해 본 광경은 물러서는 콴의 세력과 그 세력을 밀어붙이는 텔로시의 테스터들이었다.

그 혼란한 상황에서도 미소는 한눈에 들어왔다.

테스터들 사이에서 붉은 장미가 활짝 피어오르듯 피 칠갑을 한 채 전장을 휘젓고 다니는 인물은 미소 하나였기 때문이었다.

제4장

떨어진 별 ⅰ

치호는 미소가 안전한 것을 보고 안심이 되었다.

하지만 온몸에 피 칠갑을 하고 날뛰는 모습이 그리 보기 좋지는 않았다. 아무리 같은 전투 상황이라도 스스로를 통제하는 전투와 자기 자신을 이기지 못하고 날뛰는 전투는 큰 차이가 있기 때문이었다.

행사장을 떠나기 전 미소의 그런 모습은 마치 팽팽히 당긴 실처럼 너무 긴장되어 있고 위태로워 보였기 때문에 걱정한 것이다.

스스로가 긴장감을 조절할 수 있으면 그런 걱정은 하지 않았으련만, 지금 미소의 상태가 정상이 아니라는 것은 누구라도 알 수 있기에 그 위태로운 긴장감이 치호를 불안하게 했던 것이다.

너무 팽팽하게 당겨진 실은 작은 힘에도 어이없이 툭 하고 끊어질 수 있으니까.

하지만 지금 저렇게 날뛰고 있는 것을 보니 차라리 안심이 되었다. 이제 치호 자신이 행사장 안에 도착했으니 최소한 미소가 눈먼 칼에 맞아 어이없게 목숨을 잃는 일은 없을 테니 말이다.

행사장에 도착해 미소를 관찰하면서도 주변의 상황을 둘러봤더니 몇몇 눈에 띄는 이들이 보였다.

그들 역시 미소와 마찬가지로 야차와 같은 모습을 하고 있었지만 최소한 아군과 적군은 구별하는 모습이었다.

"크하하하! 새끼들, 여기가 어디라고! 밀어붙여!"

"흥분하지 마라. 적군의 마지막 목을 땅에 떨굴 때까지 방심은 언제나 네 목숨을 노린다."

"거 노인네 말하는 것 하고는, 이미 승기는 이쪽으로 넘어왔다고! 저것 안 보여? 크하하하!"

역시 미소를 제외하고 가장 눈에 띄는 인물은 지난 회 무투 대회 우승자라던 신창 살리타였다.

과연 연륜이 느껴지는 발언을 하는 그였지만 주변의 인물들은 그의 말을 별로 귀담아듣지 않는 듯했다.

그들 역시 지난 회 무투 대회에서 상위권에 자리매김하였다던 인물들이었다. 그들은 실력에 자신 있다는 듯 스킬을 마구 사용하며 도망가는 콴의 세력을 도륙하기 시작했다.

'알란 그 녀석의 말처럼 침입자들이 빠져나가기 시작하는군. 후… 일단은 한시름 놓은 것 같군.'

치호가 안도의 한숨을 내쉬면서 미소와 거리를 좁혀가는 찰나, 미소의 광기에 찬 목소리가 치호에게 들리기 시작했다.

"꺄하하! 어디 가! 어디 가! 아직 언니는 몸도 안 풀렸단 말이야, 조금만 더 언니랑 노올자! 꺄하하하!"

미소는 이상한 헛소리나 해대면서 물러서는 콴의 세력을 추격하기 시작했고, 치호는 그런 미소의 모습에 이마에 손을 짚으며 한숨을 내쉬기 시작했다.

'정말 골치 아프군.'

일단 미소와 대화라도 해보려면 그녀를 진정시켜야 할 텐데 쉽지 않아 보였다.

어쩌다가 저 지경까지 갔는지 몰라도 저 모습을 모니 문득 과거의 자신이 떠올랐다.

물론 그때는 미소보다 더 상황이 좋지 않았다.

당시에는 미쳐 날뛰는 자신을 제어해 줄 강자도 없었을 뿐만 아니라 자기 스스로가 광기에 물들어 있다는 사실 자체를 자각하지 못했기 때문이었다.

모두가 살면서 조금은 잔인한 짓을 하듯, 치호 스스로도 그저 그럴 뿐이라고 생각했으니까.

치호 스스로가 앉은 자리에는 그만한 잔학성이 필요한 것이라 생각했으니까.

다른 아군들은 모두가 허수아비라서 내가 모조리 처리해야 전투에서 승리할 테니까.

그래서 상대를 죽였다.

아군도 죽였다.

아군 녀석이 자신의 동선을 방해할 때, 돌아서 움직이는 것보다 그 녀석을 죽이고 앞으로 나아가는 것이 효율적으로 느껴졌다.

아군 녀석을 피해 움직여 봤자 그 녀석이 적군을 죽일 숫자보다 자신이 그 시간에 적군을 죽이는 숫자가 더 많을 것이라 생각했다.

그러니 치호는 자신의 앞을 가로막는 모든 것들을 죽였다.

아군이든, 적군이든.

스스로 죽인 아군들이 기껏 힘을 내서 죽인 적군의 숫자보다 치호 스스로 그 이상의 적군을 벨 수 있는 자신감이 있었기에 그들은 방해물 그 이상도 이하도 아니었다.

그저 그렇게 생각했을 뿐이다.

그저 효율을 생각했을 뿐인데 사람들은 점차 자신을 두려워하기 시작했고 전투를 승리로 이끈 자신을 광기의 화신, 혹은 광전사 등으로 부르며 멀리하기 시작했다.

그 결말은 처참했다.

치호를 따르던 모든 이들이 모두 등을 돌렸고, 당시 사랑했던 이마저 치호의 목숨을 노리기 위해 목숨을 스스로 바쳤다.

그에 분노를 느낀 치호는 그들을 모조리 도륙했고 그들의 시체 위에 홀로 섰을 때 깨달을 수 있었다.

무엇인가 잘못되었다는 사실을.

자신이 미쳤다는 것을.

이것은 정상의 범주를 넘어섰다는 것을.

그리고 찾아온 깊은 상실감.

그것을 뛰어넘는 허탈감과 무력감.

보통의 사람들이라면 스스로 목숨을 끊는다는 선택지도 있을지 모르지만, 치호에게 그런 선택지 따위는 없었다.

그저 온전히 받아내고 감내할 뿐.

모두가 스스로 감당해야 했다.

자신의 실수를, 자신의 아둔함을.

후회는 아무리 빨라도 늦다는 것을 몸으로 깨달았을 뿐이었다.

그 이후 한동안 방황했고 괴로워했던 시절을 떠올리자 미소가 측은해지기 시작했다.

그렇기에 미소를 저 상태로 둘 수는 없었다.

그때 당시에 자신을 말려줄 이가 없어 후회로 점철된 나날을 보냈지만 미소까지 그런 나날을 보내게 할 순 없었다.

치호 자신이라면 미소를 제압할 수 있을 테니까.

그리고 시간이 얼마가 걸리든 그녀를 돌봐줄 수 있으니까.

그렇기에 치호는 그녀를 그냥 내버려 둘 수 없었다.

마치 자신의 모습과 겹쳐 보이는 그녀를 말이다.

깊은 한숨을 내쉬면서 치호는 그녀를 따라가기 시작했다.

어째 거점 텔로시에 와서는 치호의 한숨이 늘어만 가는 것 같지만, 그래도 미소가 아직 살아 있고 그녀를 만났다는 것만으로도 충분히 만족스러웠다.

*   *   *

"젠장, 우리만 버리고 가다니 제기랄."

"그만 소리 하기 전에 어서 튀자고. 대체 그 원주민 같이 생긴 놈들은 뭐야?"

"그 괴물 같은 것들⋯ 죽여도 죽지를 않아! 내가 분명 봤다고, 녀석들의 목이 베이는 걸. 그런데⋯ 그런데 다시 살아나

이 미친!"

"아무튼 어서 움직여. 녀석들이 쫓아올지 몰라."

어느 정도 안전지대까지 물러선 콴의 세력은 재빨리 이동하기 시작했다.

지금은 추격이 없는 듯 보였지만 만약 거점을 수습하고 나면 자신들을 추격하는 추격대가 편성될 것이라는 것은 틀림없었다.

애초에 이번 작전은 무조건 성공했어야 할 작전이었다.

그랬기에 적당한 도주로를 전달받지 못한 것이다.

더군다나 지휘관이 먼저 몸을 빼냈으니 남은 자신들은 이제 끈 떨어진 연 신세나 다름없었고, 자력으로 살아서 콴의 영역에 들어서야 했다.

다소 침울한 분위기가 후퇴하는 콴의 세력에 감돌 때 그와 어울리지 않는 목소리가 들렸다.

"여기 있었네? 한참 찾았잖아. 좀 더 놀자. 응?"

콴의 세력을 집요하게 쫓아온 것은 미소였다. 미소는 겁도 없이 단신의 몸으로 콴의 세력 앞에 선 것이다.

그런 미소의 모습을 보던 콴의 세력은 딱딱하게 굳은 표정을 짓다가 이내 표정을 풀었다.

미소가 달고 온 추격자들이 없는 것을 깨달았기 때문이었다.

기껏 보이는 것은 미소 하나와 조금 멀리 떨어져 미소에게 달려오고 있는 한 남자가 전부였을 뿐이다.

그러니 콴의 테스터들은 그런 미소를 보고 코웃음을 치기 시작했다.

"이 망할 년, 오냐. 어차피 작전도 실패했는데 네년 목은 가져가마. 그래야 우리도 체면이 살지."

"광녀라더니 보통 광녀가 아니군. 이 정도면 머저리에 가깝겠지만. 하하하!"

"조져!"

콴의 테스터들은 혼자 나타난 미소를 죽이려 미친 듯이 달려들어 그녀를 둘러싸기 시작했다. 이미 치호는 그들의 눈에 들어오지 않았다.

치호의 얼굴은 제대로 알려지지 않은 반면 미소는 확실히 얼굴이 알려진 유명 인사기 때문에 미소를 노리고 수백이 넘는 콴의 테스터들이 달려들기 시작한 것이다.

"에… 또 혼자 남은 거야… 나?"

미소는 자신을 둘러싸는 콴의 테스터들은 아무런 상관도 없다는 듯 주변을 둘러보더니 이내 혼자라는 걸 깨닫고는 나지막하게 중얼거렸다.

미소는 스스로 콴의 세력을 쫓아온 것이지만 일관성 없는 그녀의 태도가 지금 상태를 적나라하게 말해주는 것 같았다.

잠시 주변을 둘러보던 미소는 누군가에게 하는 말인지 모를 소리를 질러대기 시작했다.

"왜! 내가 뭘 잘못했다고! 왜, 왜 나만 매번 혼자가 되는 건데! 어? 내가 뭘 그렇게 잘못했어!"

그러더니 점점 포위망을 조여 오는 콴의 테스터들이 그녀의 표적이 된 듯 그들을 향해 외치기 시작했다.

"흥! 또 날 죽이려고? 웃기지 마. 안 죽어, 난 절대 안 죽을 거야. 모조리 죽여 버리겠어. 모조리… 모조리!"

한참 동안을 그렇게 미친 듯 소리를 지르는 미소는 빈틈투성이였지만 그럼에도 불구하고 쉽사리 미소에게 나서는 테스터는 없었다.

콴의 테스터들이 헛소리를 해대는 그녀를 둘러싸고 포위망을 좁히고 있는 것은 사실이었지만, 이미 그녀의 실력을 중립 거점 텔로시의 행사장에서 직접 몸으로 느낀 이들이기에 쉽게 그녀에게 달려들지 못하고 있었다.

분명 미소에게 제일 먼저 달려든 테스터는 반드시라고 해도 좋을 정도로 죽음이 확정적일 것이기 때문이다.

그렇기에 그 누구도 그녀에게 쉽사리 달려들지 못하는 것이다.

오히려 콴의 테스터들은 서로의 눈치만 보며 누군가 앞서 나가기만을 바랄 뿐이었다.

그런 긴장된 대치가 이어지려는 찰나에 치호 역시 현장에 도착할 수 있었다. 그리고 지금 미소가 처한 상황을 보고 입술을 꽉 깨물었다.

'후… 최악이군. 빼내 오기가 쉽지 않겠어.'

그렇게 늦게 도착한 것 같지는 않았는데 이미 둘러싸인 미소를 보고 입술을 깨문 것이다.

하지만 바로 그때 콴의 테스터와 미소 사이의 대치를 깨는 미소의 목소리가 들렸다.

"못 죽어… 절대 못 죽어. 이렇게 죽으면 너무 억울하잖아… 모조리 죽여 버릴 거야. 날 버리고 간 놈들… 날 죽이려는 놈들 모두 다!"

미소가 외치는 소리가 심상치 않은 듯 일순 대기가 흔들리기 시작했고 하늘에는 까만 먹구름이 끼기 시작했다.

갑자기 하늘이 흐려지는 기사(奇事)에 일순 콴의 테스터들이 혼란에 빠지기 시작했다.

"뭐… 뭐야, 대체?"

"저 망할 년이 무슨 짓을 꾸미는 거 아니야?"

"으… 불안한데?"

"씨펄, 모르겠다. 모 아니면 도지! 조겨!"

마지막으로 말을 한 테스터가 제일 먼저 미소에게 달려들기 시작했고, 그것을 시작으로 콴의 테스터들은 미친 듯이 미소에게 달려들기 시작했다.

끄르릉, 쿠릉. 콰쾅.

먹구름이 끼던 하늘은 이내 뇌전을 토해내듯 번쩍였고, 그 아래 미소가 달려드는 콴의 테스터들을 멍하니 바라보다가 나지막하게 중얼거렸다.

"떨어진… 별."

미소의 나지막한 중얼거림이 끝나자 하늘은 목 놓아 울기 시작했고, 동시에 주변의 공기가 하늘로 빨려 들어가는 듯한 느낌이 들었다.

하지만 미소를 향해 미친 듯 쇄도하는 콴의 테스터들은 그런 것 하나하나 신경 쓸 정도로 여유가 있지는 않았다.

오로지 치호만이 대기의 변화를 눈치챌 뿐이었다.

'이… 무슨!'

치호가 심상치 않은 무엇인가를 느낀 바로 그때.

먹먹한 구름이 가득 껴 있는 검은 하늘이 반으로 갈라지며 무엇인가가 모습을 드러냈다.

그것은 거대한 운석이었다.

거대한 운석은 새빨갛게 달아오른 채로 그대로 미소가 서 있는 곳을 향해 맹렬한 속도로 떨어지고 있었다.

상황이 그쯤 되자 그 여유 없던 콴의 테스터들도 멍하니 하늘을 올려다보기 시작했다.

"저… 저게 뭐야."

"도망가! 저게 떨어지면… 망할!"

"틀렸어… 틀렸어."

하늘에서 떨어지는 그 거대한 운석은 자태를 드러내자마자 콴의 테스터들의 의욕을 꺾어놨다.

콴의 테스터들 역시 이미 깨달은 것이다.

저것을 피할 수 없다는 것을.

특별한 이동기라도 있지 않는 한 이미 떨어져 내리기 시작한 저 거대한 운석을 피할 길은 없어 보였기 때문이었다.

그 와중에도 포기하지 않고 운석의 범위를 피해 보고자 반대편으로 달려가는 이들도 있었지만 성공할 것 같지 않았다.

이미 운석은 느린 듯하면서도 빠르게 그들의 머리 위에 도착해 있었기 때문이었다.

거대한 운석은 몇몇 테스터들의 도망가려는 노력을 비웃기라도 하듯 밝은 빛을 뿌리며 그대로 대지를 강타했다.

콰앙!

붉게 달아오른 거대한 운석은 그대로 미소가 서 있던 곳을 강타했고, 그와 동시에 일어난 충격파가 돌풍을 만들어 냈다.

돌풍이 한차례 지나가자 운석이 떨어진 곳을 중심으로 동심원 형태로 땅이 뒤집어지기 시작했다.

콰콰콱!

떨어진 운석의 충격은 이루 말로 표현할 수 없었고, 그 일련의 상황을 지켜보던 치호 역시 운석이 만들어 내는 그 거대한 에너지를 버텨낼 수가 없었다.

"크윽, 하… 한밤의 유령!"

치호 역시 떨어진 그 운석의 힘을 이겨내지 못하고 이내 아이템 효과를 발동한 것이다.

만약 〈비탄의 조각〉을 이용한 〈한밤의 유령〉을 가지지 못했다면 지금 이 기술은 치호조차 죽음을 면치 못할 정도로 위협적이었다.

즉 저 기술의 범위에 들어가 있다면 저 기술이 완성되기 직전 도망가는 수밖에 없다.

이미 발현되고 나서 운석을 발견해 봐야 피할 수도, 막아낼 수도 없는 기술이었다.

치호가 〈한밤의 유령〉을 발동시키자마자 치호는 검은 어둠으로 화했고, 그와 동시에 치호가 있던 자리의 땅이 뒤집어지기 시작했다.

어둠으로 화한 치호는 물리적 대미지를 느끼지 않아야 함에도 불구하고 운석이 만들어 낸 힘에 저항해야만 했다.

'제길… 한밤의 유령이!'

〈한밤의 유령〉을 사용만으로는 부족함을 느낀 치호는 본신의 검은 힘을 더해 충격을 완화시켜 다행히 아이템 효과가 깨지는 것은 막을 수 있었다.

〈비탄의 조각〉이 가진 효과 하나만으로는 미소의 기술을 막기 힘들었다. 만약 치호가 본신의 힘을 더하지 않았다면 〈한밤의 유령〉은 맥없이 깨지고, 다시금 드러난 본체는 심각한 대미지를 입거나 혹은 정신을 잃어 미소를 놓쳐 버릴 공산이 컸다.

일순간의 폭풍이 휩쓸고 지나간 듯 운석에 의한 충격이 완화될 때, 치호의 〈한밤의 유령〉이 해제되고 까칠한 기침을 뱉어냈다.

"쿨럭. 후우."

치호는 피어오른 흙먼지를 헤치고 주변을 둘러보기 시작했지만 눈에 들어오는 것은 아무것도 없었다.

오로지 갈라진 땅들과 아직도 열기가 식지 않은 거대한 운석만이 대지에 처박혀 있었고, 그것은 거대한 구덩이를 만들어 놓았다.

"뭐 이런 기술이⋯ 하."

치호는 자욱한 안개처럼 흩뿌려진 흙먼지를 헤치며 생존자를 찾았지만 그 많던 테스터들은 이미 흔적을 찾아볼 수 없었다.

시체의 흔적조차도 없이 말이다.

긴장감이 흐르던 전장은 기분 나쁜 침묵만이 흘렀고, 점차 흙먼지가 가라앉기 시작했다.

그리고 운석이 만들어 낸 거대한 구덩이의 중심부에 단 한 사람의 인영이 모습을 드러내기 시작했다.

미소다.

미소는 떨어진 운석을 바라보며 그저 멍하니 홀로 서 있을 뿐이었다. 치호는 그런 미소를 향해 천천히 발걸음을 옮겼다.

점차 가까워지는 치호의 기척을 미소 또한 느꼈는지 멍하니 서 있던 미소가 천천히 고개를 돌리며 나지막하게 말을 뱉었다.

"누… 구?"

미소는 자신의 스킬 〈떨어진 별〉 속에서도 살아남은 테스터가 있다는 게 신기한 듯 치호를 보았다.

하지만 치호를 알아보는 것 같지는 않았다.

"나다. 황치호."

"치호?"

미소는 치호의 이름을 듣고 어디선가 들어본 적이 있는지 골똘히 생각에 잠겼다. 그러더니 무언가 떠올랐다는 듯 그녀는 치호의 얼굴을 뚫어지게 보다 이내 인상이 구겨지기 시작했다.

"날 버렸던 아저씨네?"

"버려?"

치호가 이해를 할 수 없는 미소의 말에 의문을 전부 표하기도 전에 미소는 무기를 빼 들고 치호에게 쇄도했다.

카가가각!

일순 거리를 좁힌 미소가 그대로 치호의 목을 노렸지만 치호 역시 재빨리 〈파멸의 조각〉을 반쯤 꺼내 들고 그녀의 공격을 막아냈다. 치호가 〈파멸의 조각〉을 미처 다 꺼내지 못한 이유는 미소의 쇄도가 너무 빨랐기 때문이다.

치호의 목 언저리에서 불똥이 튀었지만 눈 한번 제대로 깜빡일 시간도 없이 다음 공격에 대한 방어를 해야 했다.

가가각!

까앙.

미소의 공격은 지칠 줄 모른 채 치호의 치명적인 급소만을 노렸고, 치호 역시 완전히 빼 든 〈파멸의 조각〉으로 그녀의 공격을 차분히 막아내기 시작했다.

미소가 공격하는 대로 족족 다 막아내자 미소는 마치 분을 참지 못하듯 공격을 하면서 울분을 토해내듯 외쳐댔다.

"이익! 좀 죽어라! 죽어!"

미소는 치호가 자신의 공격을 어렵지 않게 전부 막아내자 화를 내기 시작했다.

이런 식으로 자신의 공격을 쉽게 막는 이는 지금껏 마주한 적 없는 듯 그녀의 공격은 다소 흔들리기 시작하는 것 같았다.

하지만 그렇게 공격이 흔들릴수록 치호는 미소의 공격을 막아내기 점점 수월해졌다. 더욱이 치호가 미소를 죽일 생각까지 가지고 있었다면 미소의 공격이 흔들리는 찰나에 드러나는 빈틈으로 치명적인 공격을 가할 수 있었을 테지만, 치호는 그러지 않았다.

그저 미소의 공격을 묵묵히 받아내고 있을 뿐이었다.

"왜! 이제야 나타난 거야!"

까앙.

"다른 사람들처럼 내 뒤통수치러 온 거야?"

그그극.

미소는 치호를 공격하면서도 알 수 없는 말을 계속해서 뱉어내기 시작했다.

치호를 보면서 자신을 배신하러 왔냐면서 이상하게 화를 내기 시작한 것이다.

"웃기지 마! 이제는 안 속아! 안 속을 거라고!"

계속되는 그녀의 외침에 치호는 불현듯 무언가 떠오르는 것이 있었다. 바로 '영광의 기록서'에 적혀 있는 그녀에 대한 내용이었다.

기록서에 내용에 의하면 믿었던 이들에게 배신을 당했지만 그 배신을 이겨내 기록서에 등재된다고 했다. 그것을 떠올려 그녀의 행동에 대한 단서를 잡을 수 있었다.

즉, 미소는 자신이 믿었던 이들에게 배신당하고 그들을 모조리 처리한 후 '영광의 기록서'에 이름을 올렸을 것이다. 그 과정이 쉽지 않았음은 물론이고 자신과 함께했던 이들의 목을 스스로 베는 과정에서 미소의 정신이 조금씩 무너졌을 가능성이 컸다.

그러니 다른 테스터를 더 이상 믿지를 못하는 것이다.

아니, 믿고 안 믿고를 떠나서 극도로 경계하기 시작한 것이다.

더욱이 치호의 경우 첫 번째 필드에서 좋은 인상으로 남아 있었는데 지금까지 살아 있으면서도 자신을 찾아오지 않았다.

두 번째 필드에서도, 세 번째 필드에서도.

더욱이 '영광의 기록서'에 치호의 이름을 보았을 테니 그만한 무력을 가지고 있으면서도 자신을 찾아 함께하지 않은 것에 대해 마음이 돌아선 것이다.

하물며 그런 무력을 가진 자가 이런 전투 상황에서 마주친 이상 자신을 죽이러 왔다고 생각할 수밖에 없었다.

오래된 친분으로 친한 척 굴며 자신이 경계를 해제했을 때 등에 칼을 꽂을 것으로 생각한 것이다.

거기까지 생각이 닿은 치호는 입술을 꽉 깨물 수밖에 없었다. 상황이 좋지 않았기 때문이다. 이런 상황에서는 그 어떤 말을 해도 미소의 귀에 들리지 않을 터, 그러니 이런 상황에서는 온전히 그녀의 공격을 받아내는 수밖에 없었다.

'제길… 이거 골치 아파지는데.'

치호는 점점 격해지는 그녀의 공격을 받아내면서도 오해를 풀 방법을 찾았지만 마땅한 방법이 떠오르지 않았다. 그나마 다행인 점이라면 그녀가 자신을 완전히 잊어버릴 만큼 정신이 온전치 못한 건 아니라는 점이었다.

자신을 완전히 잊어버리고 피에 미친 살인귀가 되어 있다면 치호도 어쩔 도리가 없었을 테지만, 지금의 미소는 최소한 자신을 알아보는 정도는 되니 최악은 면한 셈이었다.

치호는 대화를 나누려면 미소의 힘을 전부 빼놓아야겠다는 생각으로 그저 묵묵하게 미소의 공격을 받아내고 있었다.

미소와의 이야기는 그때쯤이나 가능할 것 같으니 지금은 그녀의 울분을 전부 받아내는 수밖에 없었다.

"쥬드도 그랬어! 아저씨가 죽었다고!"

까앙.

"그래도 난 믿었어! 죽지 않았을 거라고!"

캉!

"기록서에 이름이 올라왔을 때 그렇게 기뻤는데… 아저씨가 살아 있다고! 그런데 왜 이제야… 왜 날 버린 거야? 왜!"

치호는 아무런 변명도 하지 않았다.

다소 억지스러운 미소만의 착각일지라도, 엇갈림에 따른 오해일지라도 일단은 미소의 공격을 묵묵히 받아냈다.

곧 힘이 다할 것 같으니 이야기는 그때 하면 될 것 같았기 때문이었다.

하지만 힘이 떨어져 탈진할 거라는 치호의 예상과는 다르게 미소는 다시금 스킬을 사용하기 시작했다.

행사장에서 콴의 테스터들을 상대할 때 사용했던 그 스킬이었다.

"홍, 기록서에 이름 좀 올렸다 이거지? 그럼 이것도 한번 막아봐. 아리온의 광기!"

미소는 지친 얼굴로 표정을 구기며 〈아리온의 광기〉란 스킬을 외쳤다. 스킬을 외치는 그 순간 미소의 기세가 급변했다.

마치 치호의 내면에 있는 그들이 고개 들어 치호의 몸을 강탈하던 그 순간과 마찬가지로 미소 역시 내면의 다른 이가 튀어나와 미소의 몸을 점령한 것 같았다.

미소는 맹렬히 쏟아내던 공격을 멈추고 거리를 벌렸다.

그러고는 치호를 품평하듯 위아래로 훑어보다가 천천히 말했다.

"아저씨가 치호야? 호오… 미소가 아저씨 많이 기다렸는데 왜 이제야 오셨을까? 그렇게 바쁘셨나?"

지금까지와는 다른 기세와 함께 농염한 목소리로 치호에게 말을 걸기 시작했다. 그녀는 이미 미소가 아닌 것 같았다.

갑자기 변한 미소의 기세에 당황할 법도 했지만 치호는 그렇지 않았다. 이런 경우는 스스로도 많이 겪어 보았기 때문에 그다지 당황할 일은 아니기 때문이었다.

그런 모습을 본 미소는 재미있다는 듯 얼굴에 웃음이 걸렸다.

"이야, 확실히 특이한 아저씨네? 놀라지도 않아?"

지금 미소의 몸을 차지하고 있는 게 누구인지는 모르겠지만, 그녀가 미소의 몸을 차지하고 나섰을 때 다른 테스터들의 얼굴에 경악 혹은 경계의 기색이 얼굴에 떠올랐다.

하지만 치호는 그런 게 전혀 없었기에 흥미를 가진 것 같았다.

치호는 그런 그녀를 탐색하며 미간을 좁혔다.

'미소를 해하는 인격은 아닌 건가? 그나마 다행이군.'

행사장에서 미소를 보았을 때 분명히 지금 이 녀석이 미소의 몸을 점령해 전투에 나선 것 같았다. 지금 느껴지는 기세는 그때 미소가 흘리던 기세와 닮아 있었으니까.

그때는 미소의 몸을 해하는 녀석인 줄 알았는데 자신에게 바로 달려들지 않는 걸 보면 그런 건 아닌 것 같았다.

광기에 가득 찬 것 같아도 완전히 먹힌 것 같지는 않았다.

자신보다 더욱 강할지 모르는 상대에게 무턱대고 덤벼드는 그런 만용을 부리지 않는 것만 봐도 그렇다.

치호는 그런 그녀에게 물었다.

"미소는… 어떻게 된 거지?"

"에? 미소? 미소 여기 있잖아. 내가 미소인데 누굴 찾는 거야?"

"너랑 농담할 시간 없다."

치호의 단호한 대답에 지금 미소의 몸을 점령한 그녀는 눈을 게슴츠레 뜨며 마음에 들지 않는다는 얼굴로 말했다.

"흥, 재미없어. 미소는 부끄럼쟁이라 아저씨 만나기 싫대. 그러니까 나랑 결착을 봐야 할 것 같은데?"

그녀의 말을 들으니 그녀는 다른 인격을 내세워 이 상황에서 도망을 친 것 같았다.

문제는 본래의 미소도 정신이 혼란한 것 같았는데 인격까지 분리된 상태라면 현재 미소의 정신은 만신창이나 다름없을 것이다.

치호는 미소의 상태를 냉정하게 판단한 결과, 어디서부터 해결해 나가야 할지 감이 잡히지 않았다.

하지만 지금 미소의 몸을 차지한 녀석은 최소한 말은 통할 것 같았기에 조금씩 미소에 대한 정보를 캐기 시작했다.

치호가 추측한 미소에 대한 사실이 맞는지 확인해야 할 필요가 있기 때문이었다.

"미소는 널 분리시킬 정도로 힘들었던 건가?"

"호오, 뭘 좀 아는 아저씨네?"

"대답."

"하여튼 재미없는 아저씨라니까? 쳇. 미소가 필드에서 믿었던 사람은 하나같이 모두 배신을 했으니까. 그 개자식들의 목을 치기엔 미소가 너무 여렸거든. 그래서! 이 몸이 직접 나서서 하나하나 처리해 주셨다 이거지! 미소는 나한테 고마워해야 한다구!"

그녀의 짧은 대답이지만 치호가 생각한 것이 얼추 맞아 떨어지는 것 같았다. 치호가 고개를 끄덕일 때 그녀가 계속해서 말을 잇기 시작했다.

"그나마 배신하지 않은 게 아저씨 하나뿐이었달까? 그래서 미소는 계속 기다렸는데… 이런 전투 상황에서 아저씨가 딱 나타나 버리니… 에휴. 바보 같은 계집애."

그녀의 말대로 좋지 않은 상황에서 만난 것 같았다. 하지만 치호로서도 아까와 같은 상황은 예상치 못한 상황이었다.

하늘에서 운석을 떨어뜨려 수백의 테스터들을 일순 소멸시켜 버리는 그런 말도 안 되는 기술을 가지고 있을지 상상도 못했기 때문이다.

미소가 콴의 테스터들에게 둘러싸여 악전고투를 펼칠까 걱정이 되어 따라온 것이 오히려 독이 되었다.

차라리 미소에게 그런 기술이 없었고 정말 콴의 테스터들에게 둘러싸여 위기를 맞이했다면 그때 나타난 치호는 미소의 절대적 신뢰를 얻었을지 모른다.

하지만 단 하나의 스킬에 의해 일이 꼬여 버린 것이다.

치호는 아쉬운 마음에 작은 한숨을 내쉬고는 다시금 말했다.

"너, 나한테 협력할 생각 없나? 난 미소를 해치려고 온 게 아니다. 오히려 미소를 도와주러 왔다."

"확실히 아까 싸울 때 보니 그렇긴 한 것 같은데 말이야."

미소의 몸을 점령한 그녀는 방금 전 미소와의 전투를 다 지켜본 것 같았다. 그랬기 때문에 치호가 미소에게 적의가 없다는 건 이미 알고 있는 것 같았다.

치호는 그런 그녀의 태도에 일말의 희망을 느꼈고 조용히 그녀의 대답을 기다렸다.

그녀만 설득한다면 일이 쉽게 풀릴지 몰랐기 때문이었다.

치호와 그녀 사이에 무거운 침묵의 시간이 흘렀고 이내 그녀의 입이 천천히 떨어졌다.

"그런데 말이야. 나보다 약하면 미소한테 어떻게 도움을 줘? 안 그래? 아저씨가 먼저 죽어 버릴지도 모르고 말이야."

"난 못 죽어. 그러니 걱정할 필요 없다."

"못 죽는다고? 풋… 꺄하하하!"

그녀는 치호의 말을 듣고는 큰 웃음을 터뜨리기 시작했다.

치호로서는 진실을 말한 것이지만 아무것도 모르는 그녀는 그저 자신의 무력을 과신하는 말로밖에 들리지 않았기 때문이었다.

한참을 웃던 그녀는 일순 웃음을 멈추고는 천천히 무기에 손을 올리며 말했다.

"…그래? 못 죽는다고? 그럼… 실험해 봐도 되겠네?"

일순 그녀의 기세에서 살기가 섞여 나오기 시작했고 둘 사이에 흐르는 기류가 급변하기 시작했다.

그리고 미소의 한마디.

"아저씨, 진짜 미소를 도와주고 싶다면 말이야. 나부터 죽여야 할 거야. 그런데… 아저씨가 날 감당할 수 있을지 모르겠네?"

그녀의 알 수 없는 말이 끝나는 순간 그녀의 모습이 시야에서 사라졌다. 그리고 다시 그녀가 모습을 드러냈을 때는 치호의 코앞에 당도해 검을 휘두르는 모습이었다.

카카카칵!

순식간에 치호의 사각으로 파고든 그녀의 일검이 매섭게 치호의 목을 노렸지만 치호 역시 만만한 상대는 아니었다.

이미 준비하고 있었기에 그녀의 공격을 막아낼 수 있었다.

하지만 그녀와 검을 맞대었을 때 느껴지는 무게감은 미소와는 사뭇 달랐다.

그녀가 휘두르는 검 하나하나에 실리는 힘 자체가 달라져 있었고, 노리는 위치도 단 한 번이라도 실수하면 그대로 목숨을 앗아갈 수 있는 치명적인 급소만을 비집고 들어왔기 때문이었다.

'제길… 결국!'

치호는 그녀를 상대하면서도 이를 악물 수밖에 없었다. 그녀가 마지막에 말한 그 한마디가 마음에 걸렸기 때문이었다.

미소를 도와주려면 그녀 자신부터 죽여야 할 거란 말.

한마디로 그녀가 죽음을 착각하게 만들 만큼의 대미지를 주어야 한다는 것인데, 그것이 여간 까다로운 게 아니기 때문이었다.

미소의 몸을 점령한 그녀를 처리하기 위해 입힐 대미지 때문에 미소 역시 죽을 수 있는 위험천만한 일이기 때문이다.

더군다나 그녀는 그렇게 말하면서도 매섭게 치호의 목숨을 노리고 있기에 더욱 까다로웠다.

"꺄하하! 그 정도 실력 가지고 미소를 도와줄 수 있겠어? 차라리 나한테 그냥 죽어! 괜히 미소를 흔들지 말고!"

쎄엑!

검이 대기를 찢는 섬뜩한 소리가 연신 치호의 주변에서 들렸지만, 치호는 피하기만 하며 제대로 공격할 생각을 하지 못했다.

치호는 아직도 망설이고 있었기 때문이었다.

그때 그녀가 외친 말 한마디.

"어서, 어서 날 죽여 보라고! 그래야 미소가 살아!"

그 한마디가 치호의 마음을 흔들어 놓았다.

지금 그녀가 저렇게까지 말하는 걸 보면 치호가 모르는 또 다른 문제가 있는 것 같았기 때문이었다.

치호는 마음을 다잡으며 그녀에게 나지막이 말했다.

"조금… 아플 거다."

그리고 치호는 스킬을 외쳤다.

"투사의 발걸음!"

치호는 〈세뮬라의 마력검〉은 사용하지 않았다. 그녀의 움직임을 따라잡기 위한 방편으로 〈투사의 발걸음〉을 사용했지만, 〈세뮬라의 마력검〉까지 사용하면 힘 조절에 실패할 수도 있기 때문에 사용을 자제한 것이다.

카카칵!

그녀의 검과 치호의 검이 맞닿는 순간 푸른 불꽃이 튀었고 치호의 발걸음 뒤로는 검은 불길이 치솟기 시작했다.

그리고 그 검은 불길은 항상 그래왔던 것처럼 미소를 향해 맹렬히 세를 키워나갔다.

〈투사의 발걸음〉만을 발동한 치호의 움직임은 미소의 움직임을 무리 없이 따라잡았고 두 사람 사이에 일진일퇴의 공방이 이어졌다. 상황은 팽팽한 듯 보였지만 치호가 기회만 잘 노리면 원하는 대로 상황을 유도할 수 있을 것 같았다.

더욱이 치호의 발걸음 뒤로 치솟는 검은 불길은 그녀의 행동반경을 점점 조여왔기 때문에 승산은 치호에게로 쏠리는 듯 보였다. 하지만 그런 탐욕스러운 검은 불길을 보면서도 그녀는 위기감을 느끼기는커녕 재미있다는 듯 웃으며 말했다.

"아저씨, 이 스킬… 재미있긴 한데 말이야. 이 정도 가지곤 안 되지! 고통의 추격자!"

미소는 아직 숨겨둔 스킬이라도 있다는 듯 치호의 지근거리에서 스킬을 외쳤고 그 말이 떨어지는 순간 그녀는 다시금 치호를 향해 쇄도했다.

〈고통의 추격자〉란 스킬을 사용한 그녀의 움직임은 치호가 미처 반응하지 못할 정도로 지금까지와는 궤를 달리하는 움직임을 보였다.

급작스레 변한 그녀의 움직임에 제대로 반응하지 못한 실수는 치호에게 뼈아픈 일격을 안겨주기 충분했다.

쓰컥.

"크윽!"

그녀가 스킬을 쓰는 순간 그녀의 움직임과 마찬가지로 검속 또한 몰라볼 정도로 빨라졌고, 그 빠른 검속에 치호의 반응이 한 박자 늦은 틈을 타 치호를 베는 데 성공한 것이다.

그녀의 검은 자비 없이 치호의 왼쪽 어깨를 깊게 베었다. 그나마 치호가 뒤늦게라도 반응을 하고 몸을 물렸기에 망정이지, 반응이 조금이라도 더 늦었더라면 그대로 왼쪽 팔을 잃었을 정도로 깊은 상처였다.

치호는 일순 거리를 벌리며 자신의 상처를 살폈다.

'방심했군, 제길.'

깊은 상처였지만 치호는 대수롭지 않게 생각하고 자신의 검은 힘을 사용하기 시작했다. 어느새 빠져나온 치호의 검은 힘이 상처를 재생하기 위해 치호의 의지대로 재빨리 어깨를 감쌌다.

하지만 여느 때와는 달리 치호의 어깨를 감싼 검은 힘, 검은 연기가 제자리를 찾지 못하고 계속 어깨 언저리를 감싸고 돌아올 생각을 하지 않았다.

검은 힘의 이상한 반응에 슬쩍 어깨를 다시 보았을 때 치호는 지금껏 단 한 번도 보지 못한 광경을 보았다.

어깨의 상처 재생이 너무나 더디게 진행되고 있던 것이다.

보통의 테스터들이나 괴물들에게 당한 상처는 그 어떤 상처라도 순식간에 회복시켰던 검은 힘이 힘겹게 상처를 치료해가고 있던 것이다. 아무래도 그녀의 스킬이 치료를 더디게 하는 무슨 효과가 있는 것 같았다.

콸콸콸.

일이야 어찌되었든 상처를 치료해야 했기에 치호는 인벤토리에서 포션을 꺼내 재빨리 상처에 들이부었다.

하지만 그것 역시도 그다지 큰 효과가 없었다.

치호는 포션마저 효과가 없는 이 어처구니없는 상황에 정신을 차릴 수 없었지만 미소는 그런 치호를 기다려 주지 않았다.

재차 공격이 들어온 것이다.

카카캉!

아직 상처의 재생이 되지 않아 힘이 들어가지 않는 왼팔을 뒤로하고 오른팔 하나로만 그녀를 상대하기 시작했다. 하지만 오직 한쪽 팔만으로 그녀의 공세를 막아내기란 쉽지 않았다.

점점 치호의 몸에는 자잘한 상처가 생겨나기 시작했고 그런 것 중에는 다소 위험해 보이는 상처도 점차 늘기 시작했다.

치호는 자신의 검은 힘을 계속 뽑아내며 그런 자잘한 상처를 치료하기 위해 사용했지만 치료되는 속도는 더디기만 했다.

그때 치호의 표정을 보며 그녀가 의기양양한 표정으로 말했다.

"미소를 도와준다고 하기엔 너무 빈약한 거 같은데? 홍, 나보다 약한 주제에 괜히 기대했잖아! 죽어!"

그녀는 다시금 치호를 향해 쇄도했고 더 이상 치호도 여유 부릴 수는 없을 것 같았다.

팔이라도 온전했다면 모르지만 한쪽 팔만 가지고 그녀를 상대하기는 벅찼기 때문이었다.

치호는 입술을 깨물더니 이내 스킬을 사용했다.

"세뮬라의 마력검!"

스킬을 외친 순간 〈파멸의 조각〉의 검은빛이 더욱 강렬해지기 시작했다.

제5장

떨어진 별 II

치호의 〈파멸의 조각〉은 더욱 검게 변해 마치 보고 있는 것
만으로도 모든 것들을 홀릴 것 같았지만. 그녀는 그런 변화를
눈치챈 것 같지 않았다.

상처를 입은 치호를 처리할 좋은 기회였기 때문에 쉬지 않
고 몰아치기 시작했기 때문이었다.

"꺄하하! 좀 더 기운을 내봐, 미소를 도와주러 왔다면서 벌
써 끝나는 거야? 좀 더 힘을 내봐!"

그녀의 도발에도 치호는 감정을 잘 다스리며 차분히 그녀
의 공격을 막아내기 시작했다.

오랜만에 한 손으로 검을 다루는 것이지만 지금껏 치호가 살면서 겪어온 전투 경험은 이 정도 변수에 쉽게 흔들릴 정도가 아니었기에 차분히 몸 상태를 점검하며 그녀에게 응수해 나갔다.

더욱이 치호가 사용한 〈세뮬라의 마력검〉은 좀 더 수월하게 그녀에게 대응할 수 있게 하는 발판이 되었다.

그녀도 치호가 생각보다 잘 대응하자 점점 짜증이 나기 시작한 듯 검 끝이 다소 흔들리기 시작했다. 〈고통의 추격자〉를 사용했을 때 이 정도로 버텨낸 인물이 없기에 짜증이 슬슬 치밀어 오른 것이다.

물론 그녀의 검 끝이 흔들릴 때 치호도 온전한 것이 아니었다. 그녀의 〈고통의 추격자〉는 상처가 회복되지 못하게 하는 효과 외에도 다른 추가 효과가 있는 듯 치호를 괴롭히기 시작했기 때문이다.

'제길… 상처 입은 곳을 헤집는 듯한 느낌이군.'

덜렁거리는 어깨의 상처와 함께 그녀가 치호에게 입힌 자잘한 상처에서 피가 끊임없이 흘러내리는 것은 물론이요, 고통이 점점 커지기 시작했다.

마치 상처 난 부위에 소금을 뿌리고 손으로 마구 헤집는 것처럼 신경을 거슬리는 고통이 점점 커지기 시작한 것이다.

치호가 자신의 검은 힘을 이용해 몸을 치료하고 있음에도 그 고통은 줄지 않았다. 하물며 계속 흘러내리는 피 때문에 치호의 얼굴은 점점 창백하게 변해가기 시작했다.

결국 시간은 치호의 편이 아닌 것이다.

지금 이대로 시간이 흘러간다면 치호는 원하든 원하지 않든 자신의 정신을 놓을 가능성이 높고, 그사이 그녀는 치호의 목을 벨 것이다.

목을 베는 것은 상관없다.

얼마의 시간이 걸리든 다시금 회복할 테니.

하지만 힘겹게 만난 그녀가 오해를 풀지 못하고 다시 헤어지게 될 것이고 다시 만날 때까지 그녀가 살아 있으리란 보장도 없었다.

그렇기에 치호는 이를 악물 수밖에 없었다.

상황은 불리하게만 돌아가는데, 딱히 돌파구가 없었다. 그녀의 목숨을 취하는 전투라면 어떻게든 틈을 비집고 그녀에게 치명상을 입힐 수 있을 테지만 그런 전투가 아닌 치호에게는 진퇴양난에 빠진 듯 이 상황이 어렵기만 했다.

하지만 그때 치호의 눈앞에 메시지 하나가 떠올랐다.

[광기의 야차 귀면갑의 <야차>가 발동되었습니다.]

[<야차>가 발동하는 동안 착용자는 고통을 잊고 오로지 적을 격살하는 전장의 지배자가 됩니다.]

치호가 착용한 〈광기의 야차 귀면갑〉의 특수 효과가 발동한 것이다.

이 효과는 죽음에 이르는 피해가 누적될 시 발동하는 효과였는데, 요즘은 이 효과가 발동된 적이 없어 잊고 살다 치호도 모르는 사이에 저절로 발동된 것이다.

그녀가 치호에게 입히는 대미지들이 보통의 플레이어들이었다면 감당하지 못할 수준이었지만 치호는 그나마 자신의 검은 힘이 있어 버텨낼 수 있던 것이다.

일이야 어찌 되었든 지금 치호에게 이 효과는 그녀와의 전투에서 돌파구가 될 수 있을 것 같았다.

아까부터 치호의 신경을 거슬리게 하던 고통이 씻은 듯 사라졌기 때문이다.

물론 덜렁거리는 왼팔에서는 아직도 피가 흐르고 온몸의 자잘한 상처에서도 계속해서 피를 쏟아내고 있었지만 최소한 고통은 없어진 것이다.

'후… 좋아. 단숨에 간다.'

몸 자체가 회복된 것은 아니기에 여전히 불리한 것은 바뀌지 않았지만, 고통이 사라진 것만으로도 움직일 수 있는 행동 반경이 넓어지기 시작한 것이다.

치호는 자신에게 시간이 얼마 남지 않은 것을 알기에 과감하게 그녀에게 품을 파고들기 시작했다. 얼마 간의 피해를 더 입는다 해도 승부를 내야 할 시간이 왔기 때문이다.

더욱이 고통을 잊은 치호이기 때문에 단숨에 목숨만 끊어지지 않는다면 승산은 자신쪽에 있다고 확신한 것이다.

"투사의 발걸음!"

그그극!

까강!

방어만 하고 있었던 치호는 〈투사의 발걸음〉을 다시금 사용해 분위기 반전을 노렸고 〈파멸의 조각〉은 다시금 그녀를 향했다.

피 칠갑을 한 채 그녀에게 달려드는 치호의 모습은 마치 한 마리의 야차와 같은 모습이었다.

그녀 쪽으로 기울어 가던 승부의 균형이 다시금 움직이기 시작하는 순간이었다.

*　　　　　*　　　　　*

"허억… 허억."

모든 일에는 끝이 있듯이 두 사람의 전투도 끝을 보이는 것 같았다. 두 사람이 싸우던 전장에는 오직 한 사람만이 서 있었다.

치호였다.

치호의 모습은 온몸을 피 칠갑한 것으로 모자라 왼팔은 온 데간데없이 사라져 있었다.

덜렁거리던 팔이 결국 그녀의 공격에 떨어져 나간 것이다.

그럼에도 불구하고 마지막에 서 있는 것은 치호였다.

그녀가 치호의 한쪽 팔을 완전히 날렸을 때 그녀는 승리의 미소를 지었지만 〈야차〉효과로 인해 치호는 그녀의 빈틈을 노릴 수 있었다.

그녀가 승리를 확신하는 바로 그 빈틈을 찔러낸 것이다.

그 결과 치호는 두 다리로 굳건히 서 있을 수 있었고 미소는 차가운 바닥에 몸을 눕혀야 했다.

쓰러진 그녀의 배에는 치호의 검이 깊숙이 파고들어가 있었다.

누가 봐도 즉사할 수 있는 상처로 보였지만 실상은 그렇지도 않았다. 그 어려운 상황에서도 최대한 내부 장기가 상하지 않도록 정확하게 복부를 관통해 그녀를 찌른 것이다.

'성공했나?'

치호는 스스로 정확하게 찔렀다고 확신했지만, 불안하기는 마찬가지였다.

방법 자체도 위험할뿐더러 자신과 전투를 치르는 동안 그녀 역시 자잘한 상처도 수없이 입었고 체력도 많이 떨어진 상태였기 때문이다.

그 상태로 몸을 관통하는 충격까지 입었으니 아무리 절묘하게 찔렀다고 하더라도 미소의 상태가 걱정된 것이다.

하지만 치호가 걱정할 만큼의 충격이라서 그런지 효과는 확실한 것 같았다.

미소의 몸을 점령한 그녀의 태도가 변하기 시작했기 때문이다.

"쿨럭… 후우… 아저씨. 대단한데? 쿨럭. 이 정도라면 믿을 만할지도… 쿨럭!"

그녀는 연신 피를 토해내며 손에 든 검을 지팡이 삼아 겨우 몸을 일으킬 수 있었다.

하지만 누가 건드리기라도 하면 그대로 쓰러져 다시는 일어나지 못할 것 같은 분위기였다.

그런 그녀는 힘겹게 몸을 일으키며 치호에게 말했다.

"아저씨의 말이… 진짜라면… 진짜라면 말이야. 쿨럭… 미소가 쓰는 〈떨어진 별〉… 그 스킬을 쓰지 못하게 막아."

배에 박힌 〈파멸의 조각〉 때문인지 말하는 게 힘겨워 보이는 그녀는 연신 기침을 하기 시작했고, 그 기침에서는 심각해 보이는 피가 섞여 나왔다.

그럼에도 그녀는 시간이 얼마 없다는 듯 마지막 힘을 쥐어짜듯 계속해서 말을 이었다.

"쿨럭… 그 스킬을 쓸 때마다 미소는 점점 죽어가. 그러니 그 스킬을 사용하게 해서는 안 돼. 쿨럭. 다음에도 그 스킬을 사용한다면……."

"떨어진 별? 그게 무슨 소리지?"

"…미소를 부탁해. 불쌍한……."

치호는 다급히 그녀에게 물었지만 그 물음에 그녀는 대답할 수 없었다. 마지막 말조차 끝맺지 못하고 정신을 잃은 듯 그대로 몸이 무너지기 시작한 것이다.

"미소!"

치호는 쓰러지는 그녀에게 달려가 완전히 쓰러지기 전에 품에 안았다. 미소를 품에 안은 치호 역시 정상적인 상태는 아니었다.

한쪽 팔은 어디에 떨어졌는지 보이지도 않았고 상처 입은 부위에서는 아직도 피가 질질 새고 있었다.

더욱이 한쪽 다리도 미소에게 당했는지 절뚝거리는 치호의 걸음걸이는 심상치 않아 보였다. 한 걸음을 움직일 때마다 치호의 피로 발자국이 새겨졌지만 그럼에도 불구하고 그녀에게 달려가 그녀를 부축한 것이다.

치호는 자신의 몸을 돌볼 생각도 하지 않고 망설임 없이 포션을 꺼내 미소에게 사용하기 시작했다.

한 병, 두 병, 세 병.

치호는 배에 박힌 〈파멸의 조각〉을 조심스럽게 뽑은 뒤 인벤토리 안에 있는 포션을 모조리 꺼내 미소에게 들이부었지만, 상처는 벌어졌다 아물기를 반복하더니 이내 완벽하게 치료하지 못하고 다시 벌어져 더운 피를 쏟아내기 시작했다.

포션이 치료할 수 있는 범위를 넘어선 것이다.

그 모습을 보던 치호는 이를 악물 수밖에 없었다.

생각보다 〈세뮬라의 마력검〉의 힘이 강했던 것이다.

그녀의 공격을 상쇄하기 위해 사용한 〈세뮬라의 마력검〉이 그녀의 몸 안에 들어가는 순간 내부의 장기를 진탕 흔들어 놓았기 때문이다.

그녀와 공방을 펼치는 동안 치호 자신도 모르게 〈세뮬라의 마력검〉에 힘을 더 불어넣었고 그 힘이 지금 미소에게 치명적으로 작용하고 있었다.

치호가 자신의 스킬을 정확하게 제어하지 못한 이유를 굳이 찾자면 〈광기의 야차 귀면갑〉의 효과 〈야차〉 때문이었다.

강제로 무뎌진 감각이 치호의 힘의 감각에 혼선을 불러왔기 때문이다.

처음 이 갑옷을 얻었을 때부터 이런 일을 경계하고 주의했지만 결국 일이 터진 것이다.

치호는 누구보다 잘 알고 있다.

미소의 생명이 꺼져간다는 것을.

스킬 〈운명의 동아줄〉로 본 미소의 모습도, 치호 스스로 알고 있는 의학적 지식을 통해 본 모습 역시도 회생 방법이 없어 보이는 절망적 상태였다.

하물며 만능 약이라고 느껴지는 포션조차도 미소의 상태를 치료하지 못하고 있으니 방법이 없었다.

만약 여러 설비가 갖추어진 장소라면 어떻게 시도해 볼 수 있었을 테지만, 지금은 그럴 수 없었다.

그저 무기력하게 자신의 품 안에서 미소의 숨이 끊어져 가는 것을 지켜볼 수밖에 없었다.

이대로라면 그녀는 다른 테스터들처럼 숨이 끊어져 검은 재로 흩날릴 수밖에 없을 것이다.

죽어 가는 미소 앞에서 수많은 기술과 경험을 가지고 있는 치호 역시도 그저 망연히 그 모습을 지켜보는 수밖에 없었다.

그 어떤 것도 미소의 죽음을 막을 수는 없을 것 같았다.

'제길… 제길!'

치호는 이런 막을 수 없는 죽음을 마주할 때마다 미칠 듯한 무기력감을 느꼈다.

그래서 그간 다른 이들과 관계를 맺는 것을 꺼려왔는데, 필드에서 맺은 인연 때문에 다시금 미칠 듯한 무력감을 겪어야 할 것 같았다.

"미소! 정신 차려! 정신 차리란 말이다!"

치호가 꺼져가는 미소의 생명을 붙잡으려 애썼지만 그것과는 별개로 미소의 몸은 점점 차갑게 식어갔다.

바로 그때.

바로 그때쯤이었다.

미소의 몸이 차갑게 식어 검은 재로 변하려는 바로 그 찰나의 순간 치호의 가슴팍에 달린 브로치가 밝게 빛나기 시작한 것은.

브로치는 점점 빛을 더해갔지만, 치호는 그 변화를 처음부터 알아차리지는 못했다.

미소의 상태를 체크하느라 온 신경을 미소에게 쓰고 있었기 때문이다.

하지만 브로치가 시야를 방해할 만큼 빛나기 시작하자 치호도 자신의 브로치에 시선을 옮겼다.

'이게 왜?'

가슴에 달고 있는 브로치는 일전에 여신의 교단과 얽혔을 때 징표 삼아 받은 물품으로 교단의 신뢰를 받고 있다는 사실을 증명하는 것 외에 별다른 기능이 없는 줄 알았다.

아이템의 효과와 내용 모두 미확인으로 표기되어 있어 신경을 끄고 있었는데, 그 물품이 예상치도 못한 상황에서 밝게 빛나자 치호는 의문을 가질 수밖에 없었다.

하지만 그 의문은 머지않아 풀렸다.

치호의 메시지 창에 한 줄의 메시지가 떠올랐기 때문이었다.

<여신의 눈물을 사용하시겠습니까?>

'여신의 눈물?'

아무런 설명도 없이 다짜고짜 '여신의 눈물'을 사용하겠냐는 메시지가 떠오르자 치호는 당황할 수밖에 없었다.

하지만 이런 상황에서 떠오른 메시지라면 분명 어떤 식으로든 도움이 될 것 같았기에 치호는 재빨리 응대했다.

"사용하겠다."

<여신의 눈물이 발동됩니다. 단 1회에 한하여 어떤 부상이라도 치료합니다.>

그 메시지가 떠오름과 동시에 치호가 가슴에 달고 있는 브로치는 밝게 빛나기 시작했고, 빛으로 인한 눈부심에 눈을 제대로 뜨지 못할 정도가 되었을 때 브로치가 산산이 부서지기 시작했다.

그리고 산산이 부서진 브로치의 파편들이 미소를 감싸기 시작했다.

'이건 또 뭐야. 치료된다고?'

치호가 느끼는 당황스러움은 말로 표현하지 못했다. 현재 미소의 상태가 어떤지 누구보다 잘 알고 있기 때문이다.

분명 회생 불가능이라고 판단했는데 〈여신의 눈물〉은 그 상황을 보란 듯이 반전시키고 있었다.

부서진 브로치의 파편들은 미소의 상처 부근을 부드럽게 감싸더니 외관상 보이는 상처를 빠르게 치료하기 시작했다. 더욱이 〈운명의 동아줄〉로 파악되고 있는 미소의 상태 또한 호전되고 있는 것이 눈에 보였기 때문에 브로치의 위력을 실감할 수 있었다.

조금만 시간이 더 지난다면 미소가 완벽히 치료될 것 같아 치호는 깊은 안도의 한숨을 내쉬었다.

어찌된 영문인지는 몰라도 일단 미소가 치료되는 모습에 마음이 놓인 것이다.

'후우… 다행이군. 그런데 대체 어떻게 된 거지?'

일단 미소를 죽음의 문턱에서 다시 발을 돌리게 한 것은 다행이지만 그것과는 별개로 의문이 들기 시작했다.

치호가 여신의 교단에서 받은 이 브로치는 보통의 물건이 아님이 틀림없기 때문이다.

회생 불가능한 사람을 다시 살릴 수 있는 정도의 물품이라면 그 가치는 말로 할 수 없을 것이다.

하지만 교단은 신탁이라는 믿을 수 없는 명분 하나로 이런 물품을 치호에게 선뜻 내어줬었다.

더욱이 브로치에 대한 언급도 안 하고 아무런 대가 없이 내어주었기에 치호의 의문은 더해만 갔다. 아무리 호의라지만 이건 좀 과한 경우기 때문에 치호는 교단에 대해서 다시 한 번 생각하게 되었다.

'브로치에 있는 이런 효과를 모르고 아이템을 넘겼을 리는 없고… 내게 원하는 게 있는 것인가? 게다가 여신의 눈물이라니.'

단순히 아이템에 표기되어 있는 〈여신의 브로치〉라는 이름이 아닌 아이템을 사용할 때 〈여신의 눈물〉이라고 칭했다.

그 또한 치호가 아는 바가 없었기 때문에 의혹은 점점 커져만 갔다.

치호가 천천히 생각을 정리하고 있을 때 미소가 얕은 신음을 내기 시작했다.

"으… 음."

"정신이 드나?"

"아… 저씨?"

미소는 잠시 정신을 차리고 치호를 알아보는 듯했으나 이내 다시 정신을 잃었다. 그 모습을 본 치호는 미소의 상태를 빠르게 점검하기 시작했다.

'후… 다행이군. 숨도 고르고 상처도 모두 아물었어.'

다행히 문제가 있어서 다시 정신을 잃은 것은 아닌 것 같았다.

그저 잠이 든 것 같았기에 안심이 된 것이다.

치호는 그런 미소를 조심스레 업었다. 미소가 정신을 차릴 때까지 이런 곳에 눕혀 놓을 순 없기에 거점으로 옮기려는 것이다.

미소를 등에 업는 치호의 팔은 어느새 재생되어 있었다. 미소가 정신을 잃고 쓰러졌을 때 기술의 효과도 다했는지 치호의 검은 힘이 제 기능을 발휘하여 순식간에 치호를 치료했기 때문이다.

그렇기에 미소를 등에 업는 데는 문제가 없었다.

'생각보다… 가볍군.'

치호는 보기보다 너무나 가벼운 미소를 등에 업고서 그녀가 깨지 않게 조심스레 발걸음을 옮기기 시작했다.

두 사람이 떠난 자리에는 미소가 만든 거대한 구덩이와 검은 재로 변해가는 왼팔이 떨어져 있을 뿐이었다.

*   *   *

"저길 보십시오!"

"휴… 다행이군. 전투는 치르지 않은 모양이지?"

"거 내가 뭐라 그랬소? 걱정할 필요 없다고 그랬지?"

도착한 거점 텔로시는 아직 혼란스러워 보이긴 했지만 빠르게 수습되는 것 같았다.

〈차림의 뿔피리〉로 인해 도발된 괴물들도 전부 처리한 건 물론이고 콴의 세력들도 모두 물러갔으니 더 이상의 위협은 없어 빠르게 복구 작업을 시작한 것 같았다.

하지만 콴의 세력을 추격하기 위한 추격대도 따로 편성해 막 출발하려는 찰나 치호가 돌아온 것이다.

치호가 돌아오자 마치 기다렸다는 듯이 각 거점의 마스터가 치호를 반기기 시작했다.

"어떻게 되었소? 콴 놈들이 어디로 향하는지 알고 있소?"

"녀석들의 잔존 세력은 몇이나 됩니까?"

"아… 그리고 땅이 울리는 충격이 있었는데 그것에 대해 아는 바가 있습니까?"

막 돌아온 치호에게 마스터들은 질문을 쏟아내기 시작했다. 치호는 있었던 일을 사실대로 말해 줄까 하다가 마음을 돌렸다.

귀찮은 일만 생길 것 같았기 때문이다.

'미소가 그런 기술을 가졌다는 걸 알면… 차라리 조용히 하고 있는 게 좋겠군. 뭐… 믿어주지도 않을 테지만.'

치호 역시 직접 그런 기술을 경험하지 못했다면 믿지 못할 정도의 위력이었다. 단숨에 수백의 테스터들을 지워 버리는 그 위력은 말로 표현하지 못할 것이다.

더욱이 그런 기술이 거점 위에 떨어진다면 미소는 제거 대상 1순위가 되거나 혹은 영입 대상 1순위가 될 것이다.

어떤 식으로든 피곤한 일이 생길 것 같아 미소 스스로 결정하기 전에는 함구하는 것이 좋을 것 같았다.

"일단은 좀 쉬고 싶군. 그리고 콴의 세력들은 내가 온 방향으로 갔으니 빠르게 추격한다면 따라잡을 수도 있겠지."

"고맙소. 늦기 전에 출발하자! 콴의 녀석들에게 죽음을!"

추격대의 선봉장을 지난 회 무투대회 우승자 신창 살리타가 맡은 듯 그의 말 한마디에 추격대가 움직이기 시작했다.

그리고 그를 따라 움직이는 추격대의 인원을 보니 짧은 시간에도 빠르게 인원을 모은 것 같았다.

치호는 그들에게 헛수고를 끼치게 하는 것 같아 미안하긴 했지만 차라리 그게 나아 보였다. 실제로 대부분의 콴의 세력은 처리했지만 흩어져 있는 잔존 세력이 남아 있을지 모르기 때문이다.

추격대가 거점을 떠나자 남은 테스터 몇몇이 치호를 숙소로 안내했다. 테스터들의 안내를 받아 준비된 숙소에 미소를 눕히고 나오자 치호에게 최도현과 미소가 속해 있는 벨라탄의 마스터 쿤차가 다가왔다.

"무사히 돌아오셔서 다행입니다. 콴의 세력을 쫓아가셨다고 했을 때 걱정 많이 했습니다."

"고맙군. 그나저나 복구는 잘되고 있나? 피해는 얼마나 되지?"

"텔로시의 마스터에게 들은 바로는 건물과 시설의 피해는 감수할 만 합니다만… 인명 피해가 꽤 큰 것 같습니다."

"하긴… 그 정도 규모의 전투였으니."

"게다가 제3 세력이 합세했다는 소문이 돌고 있습니다."

"또 다른 세력?"

치호는 또 다른 세력이라는 말에 의문을 표했다. 치호는 이번 전투에서 이곳저곳을 돌아다니며 행동했기에 어느 정도 전황은 파악하고 있었다.

하지만 다른 세력이 전투에 끼어든 기색은 느끼지 못했기에 자신이 놓친 것이 있는지 조심스레 물었다.

"그 세력이란 것이 어느 쪽이지?"

"글쎄요… 저희도 처음 보는 세력입니다. 그들은 전부 원주민 복장을 하고 있었는데 전투가 끝나자마자 홀연히 사라져 버려 제대로 파악하지 못하고 있습니다."

"아… 원주민 복장."

이야기를 듣고 보니 무슨 뜻인지 대번에 파악되었다.

바로 〈98인의 악몽〉들을 두고 새로운 세력이라고 지칭한 것 같았다.

최도현 앞에서는 아직 악몽들을 꺼낸 적이 없기에 그것이 치호의 무력 중 일부라는 것을 모르는 것이다.

치호는 그런 최도현에게 악몽들에 대해 설명할까 하다가 그만두었다.

지금은 미소 하나로도 일이 복잡하기에 또 다른 일을 만들어 신경을 쓰고 싶지는 않았기 때문이다.

치호와 최도현이 대화를 나누고 있을 때 벨라탄의 마스터 쿤차가 나서며 자신을 소개했다.

"난 벨라탄의 마스터 쿤차요. 미소는 대체 어떻게 된 것이오?"

쿤차는 아직 깨어나지 않는 미소를 보며 걱정스러운 얼굴로 치호에게 물었다. 그 역시 미소가 칸의 세력을 따라간 것을 알기에 미소가 살아 돌아온 것만으로도 다행이라 여기는 것 같았다.

하지만 아직 미소가 깨어날 기미를 보이지 않자 걱정이 되어 물은 것이다.

"무리를 좀 해서 잠이 든 것뿐이다. 걱정하지 않아도 된다."

"후… 다행이군."

쿤차는 미소가 안전하다는 말에 안도의 한숨을 내쉬는 것 같았다. 치호는 그런 쿤차를 보며 의문이 들었던 점을 물었다.

처음 텔로시에 도착해 미소를 발견했을 때 마치 미소를 감시하는 듯한 호위에 관해 물어볼 좋은 기회였기 때문이다. 더욱이 미소가 속해 있던 거점의 마스터이기에 어쩌면 치호가 모르는 것을 더 많이 알지도 모르기 때문이었다.

쿤차는 치호의 물음에 잠시 고민하는 듯하더니 이내 결심한 듯 말하기 시작했다.

"후… 아까 미소를 쫓아간 것도 그렇고 미소를 구해온 걸 보면 마스터 최도현의 말과는 다르게 미소와 인연이 있는 것 같군."

"뭐… 인연이라면 인연이 있긴 하지."

"역시 그랬군."

쿤차는 역시 자신의 예상이 맞았다는 듯 고개를 끄덕이더니 이야기 이어갔다.

"실은 그 호위들… 미소가 직접 요청한 것이네."

"뭐? 미소가 직접? 그럴 필요가 있나?"

치호는 미소의 무력을 직접 경험했기에 쿤차의 말을 제대로 이해하지 못했다. 본신의 무력으로 어지간한 이들이 접근하는 것만으로도 목을 벨 수 있을 텐데, 스스로 호위를 요청했다는 게 이해가 되지 않은 것이다.

치호의 얼굴에 의문의 기색이 떠오르자 쿤차 역시 그럴 줄 알았다는 듯 치호에게 말했다.

"이해가 안 될 테지. 전장에서 활약하는 그녀의 모습을 보면 말이야. 하지만 그녀와 함께 지내다 보면 이해할 수 있지. 다른 테스터들에게는 비밀이지만 말이야."

치호는 쿤차가 말하는 미소에 대해서 집중하기 시작했고 쿤차는 그런 치호의 기대에 응하기라도 하듯 천천히 미소에 관한 이야기를 이어갔다.

제6장

변화의 바람 Ⅰ

쿤차가 이야기를 시작하자 최도현은 조용히 문을 열고 숙소에서 나갔다. 미소에 관한 알려지지 않은 이야기가 나오려 하자 적당히 자리를 비켜준 것이다.

숙소에는 아직 잠에 빠져 있는 미소와 치호와 쿤차, 세 사람만이 남은 채 이야기를 계속하였다.

"흠… 이런 이야기까지는 할 필요는 없겠지만 당신에겐 미소를 구해준 빚이 있으니 들을 자격은 충분하지."

치호는 말없이 쿤차의 이야기에 집중했다. 쿤차의 말에서 미소에게 도움이 될 만한 단서를 찾을 수 있을지 모르기 때문이었다.

"내가 이런 말하기는 그렇지만, 전투 상황이 아닐 때의 미소는 뭐랄까… 너무 여려. 아니, 여리기만 하면 다행일 텐데 뭔가 나사가 하나 빠진 것 같다고 할까?"

"무슨 의미지?"

"항상 멍한 상태로 지낸다고 표현하는 게 좋을 것 같군. 항상 무기력한 상태, 그게 미소의 평소 상태지. 누군가 미소를 암살하려고 한다고 해도 그냥 목숨을 내줄 정도로 귀찮아한다고 해야 하나?"

치호는 쿤차의 말에 미간을 좁히며 미소의 상태를 상세히 물었다. 평상시에도 문제가 있다면 미소가 가진 문제는 생각보다 크기 때문이었다.

"목숨이 달린 일에도 그렇게 무기력한가?"

"후우… 그렇지 않았다면 내가 호위를 그렇게 붙이지도 않지. 그것도 평소의 미소가 아닌 전투에서 막 돌아온 미소가 요구해서 붙인 거네."

"그 정도로 심각한가… 골치 아프군."

치호는 미소에 관한 이야기를 듣자 생각보다 일이 심각한 것 같았다. 더욱이 미소는 전투 중에 살고 싶다고 말했다.

절대 죽을 수 없다고, 그렇게 절규하듯 외치던 그녀가 평소에는 모든 일에 무기력하다면 생각보다 그녀가 가진 마음의 병이 심각한 것 같았다.

살고 싶다는 마음과 그렇지 않다는 마음이 공존하는 상태.

더욱이 이번 치호와의 전투를 통해 살고 싶다는 의지를 보인 그녀의 일부분을 깊은 잠에 빠지게 만들었으니 어쩌면 미소가 깨어난 후 스스로 목숨을 끊을지도 모른다는 생각이 들었다.

그렇게 생각하니 한숨이 절로 나왔다. 어쩌면 자신이 괜히 일을 키운 게 아닌가 하는 생각이 들었기 때문이었다.

치호는 그 외에도 미소에 관한 이야기를 나누었지만 쿤차에게 들은 내용은 자신의 추측과 얼추 맞아 떨어지는 것 같아 그저 입안만이 쓰게 느껴졌다. 조금은 희망적인 말을 들을 수 있을 거라 생각했는데, 그런 것은 찾기 힘들었기 때문이다.

"후… 사람들이 전장의 광녀니 희대의 광녀니 이렇게 말하지만 가까이서 미소를 지켜보면 그런 소리를 할 수 없지. 그래서 더 안타까울 수밖에."

"그렇군… 이야기를 해줘서 고맙다."

"뭐… 미소와 인연이 있는 것 같은 데다 미소에게 힘이 될 수 있다면 그것만으로도 괜찮은 거겠지. 아무튼 난 슬슬 나가봐야겠군."

미소에 관해 이야기를 해주던 쿤차는 슬슬 이야기를 마무리 지었다. 거점 텔로시의 문제를 수습하기 위해 각 거점의 마스터들과 회의가 잡혀 있었기 때문이다.

쿤차는 미소를 부탁한다는 당부를 잊지 않고 숙소를 나섰고 치호는 쿤차가 떠나자 의자를 가져와 미소 옆에 앉았다.

그러고는 곤히 잠들어 있는 미소를 바라보며 앞으로 미소를 어떻게 해야 할지 고민하기 시작했다.

하지만 치호로서도 지금은 대책을 섣불리 세울 수가 없었다. 일단은 미소가 깨어난 후 대화를 나누어봐야 하기 때문이다.

치호가 지금 할 수 있는 일은 그저 미소 곁에 앉아 조용히 미소가 깨어나길 기다리는 것뿐이었다.

*　　　　*　　　　*

"아시다시피 콴의 세력은 무력 도발을 넘어 우리 거점을 선제 타격하였습니다. 이건 간과할 수 없는 이야기입니다."

"맞소! 대체 우리를 얼마나 우습게 봤으면 그런 짓을 하는 것이오? 우리도 힘을 모읍시다!"

"그런데 타 세력에서 첩보가 들어오지 않은 게 수상합니다. 혹 타 세력과의 연계도 고려해 봐야 하는 것 아닙니까?"

"짐승의 왕 콴과 강철의 지배자 얀센은 서로 죽이려고 안달인데 설마 그렇게까지 하려고?"

"그건 또 모르는 일입니다. 게다가 죽음의 길잡이 로펠로의 침묵도 너무 길었습니다!"

거점 텔로시의 회의장은 뜨거운 열기로 가득 찼다. 중립 거점이 연합을 한 이후로 국지적 도발은 있었으되 이런 식으로 직접적 타격이 들어온 것은 처음 있는 일이었기 때문이다.

더욱이 〈차림의 뿔피리〉를 이용한 공략법은 짐승의 왕이라 불리는 콴의 전략다웠다. 자신의 병력은 최대한 아끼고 괴물들을 사용하는 방식은 콴의 방식이기 때문이었다.

대수롭지 않게 넘기던 〈차림의 뿔피리〉를 이용한 그의 방법은 상상조차 못 했던 일이었기에 회의장에 모인 각 거점의 마스터들은 서둘러 대비책을 내야 한다며 언성을 높이기 시작했다.

사실 〈차림의 뿔피리〉로 거점의 방어 체계를 무너뜨리는 방법이 공개된 이상 거점에 대한 침략에 더욱 활발해질 것은 자명한 일이기 때문에 위기감을 느낀 것이다.

"그런데 짐승의 콴은 강철의 얀센과의 전투로 바쁜 것 아니오? 왜 굳이 이런 짓을 했단 말이오? 이런 강수를 둔 걸 보면 뭔가 숨겨진 저력이 있는 건 아니겠소?"

"그래서 뭐, 그럼 닥치고 가만히 있자고? 우리 테스터들이 그렇게 희생됐는데? 그게 말이나 되는 소리요?"

"아니, 내 말은 그런 말이 아니잖소. 혹시 모르니 좀 더 신중을 기하면서……."

"뭐 신중? 죽은 우리 테스터 앞에서도 그런 말할 수 있소? 마음 같아서는 지금 당장에라도 콴의 세력을 치고 싶지만 참고 있는 것이오!"

대책을 논의하기에 모인 마스터들이었지만 좀처럼 결론이 나질 않았다. 좀 더 상황을 파악하고 지켜보자는 의견과 지금 당장 세력을 규합해 콴의 세력으로 치고 들어가자는 의견이 팽팽하게 대립했기 때문이다.

"한데 마스터 최도현, 그 황치호라는 자… 대체 정체가 뭐요?"

"정체라니요?"

"그 왜 다들 보지 않았소? 콴의 괴물들을 상대하는 그 무력… 어찌 그런 무력을 갖출 수 있단 말이오. 뭔가 알고 있는 정보는 없소? 아톨란에서 데려온 자 아니오."

한창 이야기를 하다가 관심이 치호에게 쏠렸다. 마스터들은 치호의 무력을 모두 목도했기에 치호에 관한 이야기가 나오자 찬물을 끼얹은 것처럼 조용해지기 시작했다.

모두가 최도현의 말을 기다리는 것이다.

"흠흠, 저도 딱히… 그저 저희 거점을 가장 먼저 찾아왔을 뿐 여러분들이 알고 계시는 딱 그 정도밖에 모릅니다. 하지만 여러분들도 보셨다시피 악인은 아니니 걱정하지 않으셔도 됩니다."

"허허… 답답하구만. 어쩌면 콴 쪽에서도 그만한 무력을 갖춘 이를 영입한 게 아닐까? 그러니 그 정도로 자신 있게 나왔겠지, 안 그렇소?"

"일리 있는 말이군. 그 〈차림의 뿔피리〉 알고 있잖소, 30회의 도발을 이겨내야 한다는 것. 그걸 전략적으로 이용한다면… 30회의 도발을 단신으로 해결할 인물이 있다는 뜻으로 봐도 되겠군."

마스터들에게 있어 새로운 강자의 출연은 썩 달갑지 않았다. 일반 테스터들이야 신성의 출현이니 뭐니 하면서 흥분하겠지만 새로운 강자는 언제나 균형을 흔들어 놓기 때문이다. 그리고 그 균형이 흔들릴 때 애꿎은 테스터들의 피가 흐른다는 걸 잘 알고 있기에 새로운 강자가 나타나는 것을 원치 않는 것이다.

하지만 그런 인물이 벌써 둘이나 추정되는 것이다. 그나마 다행이라면 치호는 중립에 속한 인물이었지만 다른 하나는 베일에 쌓인 인물이며 잔악한 콴의 세력에 속해 있다는 게 문제였다.

"그게 사실이라면 정말 골치 아프군."

"그것도 문제지만 우리 중립 거점도 다시 한 번 점검을 해 봐야 할 것 같은데."

"그건 또 무슨 소리요."

"아니, 지금 가장 중요한 것을 잊고 있잖소. 이 사달이 일어나게 한 장본인, 포차드의 마스터 타이라 말이요. 또 그런 인물이 우리 중에 없을 것이라고 확신하오?"

"이 무슨 개 같은 소리야! 우리 중에 딴 주머니 차고 있는 녀석이 또 있다는 소리야?"

"그건 모르는 일이지, 안 그렇소?"

마스터들의 대화는 별다른 해결책이나 대응 방법도 제대로 제시하지 못한 채 파국으로 향해갔다. 포차드의 마스터 타이라의 문제는 그 문제의 시발점이 되었고 마스터들의 대화는 점점 격앙되어 가는 분위기였다.

하지만 그것도 잠시.

뜨겁게 달아올랐던 회의장의 분위기를 차갑게 식혀주는 메시지 하나가 새롭게 떠올랐다.

<영광의 기록서에 새로운 기록이 추가되었습니다.>

<유대진—스릴 중독자>

─직업: 정의의 포박꾼

─스킬: 큐오의 호기심, 볼프의 채찍, 악마의 꼬리.

─내용: 안정된 생활을 할 수 있음에도 자신의 스릴을 충족하기 위해, 그리고 호기심을 채우기 위해 목숨을 건 퀘스트를 수

행했습니다. 그 집념으로 잊힌 전설을 계승한 그 업적에 경의를 표하며 영광의 기록서에 이름을 새롭게 등재합니다.

회의장의 분위기를 차갑게 만든 것은 바로 '영광의 기록서'의 새로운 알림 메시지였다. 회의장에 모인 각 거점의 마스터들은 그 메시지를 보고 얼굴을 굳혔다.

"이런… 또 다른 강자라니."

"지금 상황만으로도 벅찬데 정말 산 넘어 산이군."

"이 사람에 대해 아는 사람 있소? 기록서에 등재되었다면 뭔가 소문이 있어도 있을 건데……."

"기억났소! 이 사람… 그 왜 있지 않습니까! 교단에서 수배를 내렸었던 그 인물 같습니다."

'교단에서 수배를 내렸었던'이라는 말에 회의장의 분위기는 더욱더 가라앉았다. 교단에서 수배를 내릴 정도라면 악행을 하고 다녔을 가능성이 높기에 여러 가지로 지금 상황에는 좋지 않았기 때문이다.

더욱이 교단과 틀어진 사이라면 그와 반대 세력인 죽음의 길잡이 로펠로의 세력에 가담할 가능성이 높으니 일은 더욱 복잡해질 것 같았다.

"각 세력에 강자가 늘어나는군… 후우. 이보시오. 마스터 최도현, 테스터 황치호를 확실히 붙들어놓을 방법이 있소?"

"맞소! 황치호, 그 사람을 반드시 잡아야 합니다. 설마… 그냥 떠나는 건 아니겠지? 응? 어서 말해보시오."

"만약 그가 다른 세력으로 투신한다면… 하아. 정말 상상만으로도 끔찍하군"

모두가 최도현의 말을 기다렸지만 최도현 고개를 저을 수밖에 없었다. 그저 중립 거점 내에서 발언권을 높여보고자 치호를 데려온 것뿐인데 이런 식으로 일이 꼬일 줄은 상상도 못한 것이다.

최도현의 발언권이 치호 덕에 높아진 것은 사실이지만 이런 것을 원한 것은 아니었기에 회의가 길어질수록 치호에 관해 묻는 일이 많아져 최도현은 난감해질 수밖에 없었다.

물론 지금 '영광의 기록서'에 올린 이가 치호의 동료라는 것을 알면 반색하고 회의장에 웃음꽃이 피어오르겠지만, 그 어떤 마스터들도 그 사실을 알지 못했기에 상황을 심각하게 받아들일 수밖에 없었다.

잘 등장하지 않던 강자들이 약속이라도 한 듯 대거 등장했기에 정신을 차릴 수 없는 것이다.

과거 치호가 예상했던 것처럼 각 거점의 마스터들 역시 현재 네 번째 필드에서 불고 있는 변화의 바람을 직감한 것이다.

이런 변화의 바람에서 살아남으려면 기민하게 움직여야 하기에 회의장의 열기는 다시금 뜨거워지기 시작했다.

회의장의 열기가 다시금 불타오르기 시작할 무렵, 치호 역시 떠오른 '영광의 기록서'의 내용을 보고 슬며시 미소를 짓기 시작했다.

'결국, 해낸 모양이군.'

일전에 '영혼의 메아리'를 통해서 이야기할 때 스킬의 완성에 관한 이야기를 했는데 스킬의 완성은 물론이고 예전에 〈셀렌의 눈〉으로 파악한 스킬 외에 한 가지 스킬이 더 생긴 걸 보니 이번에 얻은 게 많은 것 같았다.

매번 자신만 '영광의 기록서'에 등재되지 않았다고 툴툴거리던 대진이 기록되자 치호는 자신도 모르게 얼굴에 미소가 피어오른 것이다.

대진을 생각한 지 얼마 되지 않아 치호의 머릿속을 울리는 목소리가 들리기 시작했다.

'영혼의 메아리'를 통한 메시지가 들어오기 시작한 것이다.

―치호! 봤어? 봤어? 나도 이제 '영광의 기록서'에 이름을 새겼다고! 크하하하!

대진의 흥분한 것 같은 목소리가 '영혼의 메아리'를 통해 전달되었고 치호는 편안하게 대진에게 응대하기 시작했다.

―축하한다. 결국, 해냈군.

―크하하! 내가 뭐랬어. 내가 한다면 한다고 했지? 이번엔

정말 위험했지. 후우.

—아저씨! 위험한 짓 하지 말라니까 꼭 그래야겠어요? 갑자기 '영광의 기록서'라니… 그 덕에 네 번째 필드에서 아저씨 완전히 주목받고 있다구요.

치호와 대진의 대화 사이를 메이가 끼어들며 대진을 타박했다. 메이는 대진이 '영광의 기록서'에 이름을 올린 지 얼마 되지도 않았는데 기분을 만끽할 여유도 없이 대진에게 주변의 분위기를 상기시키는 것 같았다.

메이 역시 정보를 수집하는 중이었기에 대진의 '영광의 기록서' 등재 건에 대해 민감하게 반응한 것이다. 더욱이 네 번째 필드처럼 정세가 사나운 곳에서는 튀는 게 좋지 않은 걸 알기에 대진을 타박한 것이다.

—흥, 이 계집애야. 축하는 못 해줄망정 타박이라니. 만나서 두고 보자!

—아무튼, 신경 좀 쓰세요. 아저씨 이름 밝히지 말고 바로 제가 있는 중립 거점 '가보스'로 오세요. 여기서 치호 아저씨랑도 만나기로 했어요.

—알았다구! 거 참, 타박하기는… 그나저나 어서 내 활약상을 만나서 말해주고 싶기는 한데 여기서 어떻게 가야 하는지 잘 모르겠어… 흠흠.

메이는 대진의 말에 답답한 듯 한동안 대진에게 지금껏 자신의 위치도 알아두지 않고 뭐했냐며 타박하기 시작했다. 두 사람 사이의 대화가 오래갈 것 같기에 치호는 중간에서 중재할 필요가 있을 것 같았다.

─흠흠… 일단 대진은 위치부터 파악해서 내게 알려줘. 그럼 내가 어디로 가야 하는지 알려주지.

─음, 알았어. 그나저나 내 스킬을 보면 깜짝 놀랄 거다. 이미 예전에 내가 아니란 말이야. 하하하, 기대하라고!

─으이구, 말이나 못 하면 밉지나 않지. 에휴.

메이는 아무리 타박해도 기죽지 않는 대진을 포기한 듯 가볍게 한숨을 쉬고는 치호에게 말했다.

─저… 아저씨 일전에 말씀하신 '영원의 싸움터'에 관한 이야긴데요. 좀 정보를 찾은 것 같아요.

─그래? 어떤 내용이지?

지난번 통신 때 메이에게 부탁해 놓은 것이 있었는데 다행히 정보를 찾은 것 같았다.

이곳에서 미소 일을 해결하고 나면 바로 움직여야 할 것이기에 미리 들어두고 계획을 세우면 될 것 같았다.

더욱이 네 번째 필드는 지도까지 확실히 준비되어 있으니 계획을 세우기에 더욱 용이할 것 같았다.

─음… 이게요. 일단 지역을 뜻하는 것 같은데 아직 확실하지는 않아요. 제가 알아본 바로는 죽음의 길잡이 로펠로의 영

역에 뭔가 있는 것 같은데, 여기서 중립 거점에서 타 거점의 정보를 모으는 건 좀 한계가 있어서 힘들 것 같아요.

—죽음의 길잡이 로펠로?

치호는 로펠로라는 이름을 듣고 미간을 찡그렸다. 가장 가고 싶지 않은 곳에 에픽 퀘스트의 단서가 있다는 것 같아 일이 뜻대로 풀리지 않을 것이 대번에 느껴졌다.

—확실한 건가?

—일단 지금 가장 신빙성 높은 단서는 길잡이 로펠로의 거점의 옛 이름이 수트람이라는 소리도 있고 로펠로가 수트람을 찾기 위해 가장 가까운 곳의 거점을 선점했다는 소리도 있고… 아직은 정확하진 않아요.

—이러나저러나 로펠로의 영역이라는 것은 확실한 것 같군.

메이의 말을 들어 보니 에픽 퀘스트의 실마리가 되는 '영혼의 싸움터' 수트람을 찾기 위해서는 결국 로펠로의 영역에 들어서는 것을 피할 수 없을 것 같았다.

—아무튼, 고맙군.

—헤헤, 별것도 아닌데요. 좀 더 알아볼게요. 그럼 저도 이만.

—아, 잠깐.

통신을 끊으려는 메이에게 얼마 전 '알란'을 이곳 텔로시에서 목격했다는 이야기를 전해주었다.

메이가 가장 알고 싶어 하는 정보일 테니 말해준 것이다. 더욱이 그녀는 알란과 직접 얽힌 당사자이기 때문에 알 권리가 충분했기 때문이다.

―으… 그 망할 자식, 언제 거기까지 갔대요?

―스킬 중에 이동 수단이 있는 것 같더군. 이상한 날개를 사용하는 것 같아.

―후… 아저씨, 그 녀석 보기보다 강하니까 마주치면 조심하셔야 해요. 하긴… 아저씨한테 그런 소릴 하는 것도 웃기지만요. 헤헤. 그래도 녀석이 콴의 세력에 속해 있다는 것은 확실해졌네요.

치호는 알란 이야기를 시작으로 그동안 텔로시에서 있었던 일과 '레핀' 세력의 등장, 그리고 교단의 이야기 등 자신이 알아낸 정보를 모두 메이에게 전달해 주었다.

정보를 모으고 있는 메이에게 조금이라도 도움이 될까 싶어 이야기한 것이다.

그 모든 이야기를 듣고 메이 역시 심각하다는 반응하기 시작했다.

―아저씨 말대로 네 번째 필드는 난장판이 될 것 같은데요.

―상황을 좀 더 지켜봐야지. 아무튼 나 역시 이곳에서 일이 정리되는 대로 '가보스'로 출발하지.

―네, 알겠어요.

메이와의 대화까지 끝나자 다시금 숙소에는 정적이 찾아왔다. 미소는 아직 잠에서 깨지 않았기에 숙소는 미소의 숨소리만이 주기적으로 들려왔다.

'죽음의 길잡이 로펠로라… 결국 그쪽으로 가야 하군.'

치호는 문득 자신을 누군가가 그쪽으로 이끄는 듯한 느낌이 들었지만 상관없었다.

만약 그런 이가 있다면 반가울 뿐이다. 그들은 분명 필드라는 장소를 만든 이들과 밀접한 연관이 있으니 그들을 쓰러뜨리면 필드를 만든 자들과 더욱 가까워질 테니 말이다.

치호가 에픽 퀘스트와 죽음의 길잡이 로펠로에 대한 생각에 깊이 빠져 있을 때 미소가 조금씩 움직이는 기색을 보였다.

"음……."

나지막한 신음이었지만 그것을 기점으로 점점 깨어나는 것 같았다. 그러더니 얼마 지나지 않아 천천히 눈을 뜨기 시작했다.

치호는 그런 미소를 곁에서 지켜보며 천천히 기다렸다.

미소가 드디어 눈을 완전히 뜨고 시야에 들어온 치호를 보고 말했다.

"어… 진짜 아저씨네요."

"정신이 드나?"

"꿈인 줄 알았어요. 아저씨가 나타나는 꿈."

정신이 든 미소는 차분한 목소리로 치호와 대화를 이어나 갔다. 일전에 함께 전투를 치렀던 그녀를 생각하면 있을 수 없는 이야기지만 지금의 미소는 전혀 다른 인물 같았다.

마치 첫 번째 필드에서 만난 그때 미소의 모습이었다.

"지금까지의 일, 기억하나?"

"네… 싫은 기억이지만 그것도 제 일부인걸요."

"그런가……."

미소의 태도를 보니 어쩌면 그녀는 또 다른 일면을 깊이 잠 재우면서 잠시 안정을 찾은 것처럼 보였다.

하지만 언제 또 다른 증상이 나올지 모르기에 안심할 수는 없을 것 같았다.

치호는 조심스레 미소에게 물었다.

자신과 함께하지 않은 지난날에 관해서 물은 것이다. 좀 더 미소에 대해 알아두어야 추후 미소가 어떤 행동을 보이더라 도 능동적으로 대처할 수 있기 때문이다.

하지만 미소는 치호의 물음에 작게 고개를 저었다.

아직은 마음의 준비가 되지 않은 것인지 아니면 기억하기 싫은 것인지 모르지만 말하기 싫은 것 같았다.

"알았다. 힘들면 말하지 않아도 돼."

그런 미소를 보며 치호 역시 굳이 그녀의 이야기를 꼬치꼬치 캐묻지 않았다. 시간은 많으니 언젠가 그녀가 자신의 이야기를 스스로 꺼낼 때를 기다리면 될 것 같았다.

그러자 미소는 잠시 고민하는 것 같더니 무언가를 내밀었다.

"이건 뭐지?"

"어쩌면 이걸 제가 얻은 다음부터 일이 틀어지기 시작한 것 같아요. 이 물건… 맡아주시겠어요?"

"흠… 이건!"

치호는 미소에게 물건을 받아 드는 순간 메시지가 떠올랐고 단번에 어떤 물건인지 알 수 있었다.

에픽 등급의 장비였다.

과연 치호의 예상대로 그녀는 이 물품을 가지고 있던 것이다. 원래 불안했던 정신이 이 물품을 착용함으로서 더욱 가속화된 것이 틀림없었다.

치호는 미소가 건넨 물품을 망설임 없이 착용하기 시작했다. 미소는 그런 치호를 보며 말했다.

"그 장비… 너무 위험해요. 사용하지 않으시는 게 좋아요."

"아, 괜찮다. 벌써 두 개나 착용하고 있어서."

"네? 이런 물품을 두 개나요?"

감정이 메말라 보였던 그녀에게서 처음으로 놀람이라는 감정이 되살아난 듯 눈을 동그랗게 뜨고 치호를 바라보았다.

그런 표정에 치호는 피식 웃으며 말했다.

"뭐… 어쩌다 보니 그렇게 됐군."

"어떻게, 어떻게 버틸 수 있는 거예요? 네?"

"글쎄……."

치호는 그렇게 말하며 쓰게 웃었다. 어쩌면 지금 에픽 등급
의 물건들이 주는 정신적인 대미지보다 지금껏 치호가 살아오
면서 겪은 많은 일이 더 힘들게 느껴져서 인지도 몰랐지만, 그
것을 굳이 미소에게 말할 필요는 없을 것 같아 그저 쓰게 웃
은 것이다.

치호는 미소가 넘겨준 장비를 착용하면서 떠오른 장비에 대
한 메시지를 내용을 살폈다. 어떤 기능이 있고 어떤 세트 효
과가 개방되었는지 알아두기 위해서였다.

＜고통의 조각—에픽 등급 장비＞

—방어력: 888

—과거 신을 베었다는 타락한 영웅의 상체 방어구입니다. 믿
지 못할 이력이 붙어 있으나 그것을 증명할 자료는 남아 있지
않습니다. 다만 신의 피를 머금은 탓인지 혹은 신의 저주인지는
확실치 않지만 사용자의 수명을 끝없이 갉아먹고, 그것을 힘으
로 치환합니다.

하지만 종래에는 힘에 중독된 사용자의 정신을 파괴해 피에

미친 살인귀로 만들어 파멸로 이끄는 지독한 마갑입니다. 사용 시 각별한 주의가 필요합니다.

　—특수 효과: 민첩 +612 저항력 +30%

　—보조 효과: 속성력을 부여해 치유에 관한 모든 효과를 차단합니다. 해당 사용자의 경우 '망령의 고통'으로 활성화됩니다.

　—세트 효과:

　1. 검에 속성력을 씌워 일정 확률로 상태 이상(공포)을 유발합니다.

　2. 착용자의 행사를 방해할 자는 없습니다. 필드에서 스킬 사용이 자유로워집니다.

　3. 필드의 모든 존재를 드러내고 허와 실을 구분해 낼 수 있습니다.

　4. (미개방)

　—내구도: 100/100

　치호가 아이템에 관한 정보를 확인하고 있을 때 숙소로 몰려드는 기척을 느껴 고개를 들었다.

　낯익은 기척도 있는 걸로 보아 아마도 최도현과 중립 거점의 마스터들인 것 같았다.

　치호는 메시지를 확인하는 것을 멈추고 미소에게 말했다.

　"손님이 오는군."

"아… 그러네요."

"좀 더 누워 있어. 내가 밖에서 만나고 오지."

"그러실 필요는 없는데… 고마워요."

각 거점의 마스터들이 이 방으로 들어오면 미소가 깨어난 것을 필연적으로 알게 될 터, 그러면 방금 깨어난 미소에게 너무 힘든 일이 될 것 같아 조용히 문을 나섰다.

치호가 미리 나가 기다리자 얼마 되지 않아 마스터들이 치호 곁으로 모여들기 시작했다. 그들은 회의에서 무언가 결정한 듯 성큼성큼 치호를 향해 걸음을 옮기고 있었다.

제7장
변화의 바람 II

뭔가 할 말이 가득한 마스터들의 표정에 치호는 최도현을 물끄러미 바라봤지만, 최도현은 한숨을 짤막하게 내쉴 뿐이었다.

그런 최도현의 태도에 치호는 의문이 생겼다. 이들이 이렇게 자신에게 몰려올 이유를 파악하지 못한 것이다.

'콴의 세력을 전멸시킨 게 들통났나?'

하지만 콴의 세력을 전멸시켰다는 것 때문에 이들이 몰려온 것 같지는 않았다. 그런 일을 했다면 오히려 감사받아 마땅한 일이기 때문이다.

치호가 여러 가지 상황을 고려해 봤지만, 특별히 이유를 찾지 못하고 있을 때, 그들의 대표 격으로 거점 텔로시의 마스터가 나서며 말했다.

"전 거점 텔로시의 마스터 차드입니다."

"음… 반갑다."

"실은 요청할 일이 있어 찾아왔습니다."

"요청… 이라?"

치호는 뜬금없이 마스터들이 요청을 하기 위해 찾아왔다는 말이 다소 당황스러웠다. 하지만 거점 텔로시의 상황도 상황인 만큼 별다른 수고를 들이지 않는 선에서라면 들어줄 용의가 있어 천천히 그들의 말을 들었다.

"실은 콴의 세력이 언제 다시 저희를 공격할지 모르는 일입니다. 해서 하는 말인데… 거점 에른으로 이동하셔서 콴의 도발을 막아주시면 어떨까 해서 말입니다."

"거점 에른이라……."

"예, 테스터 미소와 함께 가시면 그 존재감만으로 큰 억제력을 가질 수 있을 것 같습니다. 더욱이 타이라와 콴의 잔당들이 치호 님의 무력을 보았으니 쉽사리 도발하진 못할 것입니다."

치호는 텔로시의 마스터 차드가 이야기를 이어갈 때 조용히 인터페이스 상의 지도를 켜고 중립 거점 에른의 위치를 살폈다.

'확실히 콴의 세력과 맞닿아 있는 곳이군. 게다가 에른만 통과한다면 텔로시를 비롯해 각 중립 거점으로 이동하기가 용이하겠어. 하지만 이 위치는……'

치호가 지도에서 살펴본 거점 에른의 위치는 메이가 기다리고 있는 거점 가보스와는 너무 멀리 떨어져 있었다. 거의 반대편이라고 해도 될 만큼 위치가 좋지 않았기에 치호는 고개를 저었다.

어지간하면 도와주고 싶은 마음이 들었지만 이동해야 하는 방향과 너무 다르니 도와줄 수 없을 것 같았다. 더욱이 세력전을 펼치는 이들과 너무 깊이 엮이는 것도 치호가 원하는 방향은 아니었기에 거절하는 수밖에 없었다.

"흠… 안타깝지만 에른에는 가기 힘들겠군."

"그러지 말고 다시 생각……"

텔로시의 마스터 차드가 말을 끝맺기도 전에 마스터들 사이에서 목소리가 터져 나왔다.

"거 내가 뭐랬어. 안 갈 거라고 했지?"

"이보시오. 중립 거점에 속했으면 그만한 의무를 다해야 하는 것 아니오?"

"옳소! 게다가 그런 무력을 갖추고 있다면 응당 응해야 하는 것, 어째서 거절하는 게요? 혹 다른 세력으로 투신할 생각이오?"

　마스터들은 치호가 에른에 가기 힘들다는 말을 한 것뿐인데 중립 거점의 의무니 무력에 대한 책임이니 하면서 치호를 비방하고 나섰다.

　치호로서는 그들의 반응이 다소 엉뚱해 어처구니가 없었지만 일일이 그들에게 대꾸할 필요를 느끼지 못했기에 차분히 할 말을 계속해 나갔다.

　"나도 도와주고는 싶지만 에른에 가게 되면 계획이 너무 틀어져. 이해해 줬으면 좋겠군."

　치호가 거점 에른에 가지 못한다고 최대한 부드럽게 이야기했지만, 그런 말은 각 거점의 마스터들에게는 들리지 않는 듯 여전히 의무와 책임에 관해서 물고 늘어질 뿐이었다.

　그런 그들의 태도에 치호는 슬슬 짜증이 나기 시작했다. 스스로 중립 거점에 속한다고 이야기한 적이 없는데 자꾸 책임이니 뭐니 하면서 의무를 들먹이는 게 마음에 들지 않았기 때문이다.

　그때 차드가 치호를 설득하려 다시 한 번 이야기를 꺼냈다.

　"치호 님, 그러지 말고 다시 한 번 생각해 보시는 게 어떻습니까? 치호 님만 나서 주신다면 이 기회에 콴의 세력을 완전히 밀어내는 데 저희도 돕겠습니다."

가만히 말을 듣던 치호는 차드의 말이 뭔가 뉘앙스가 이상했기에 그들에게 단호하게 말할 필요를 느꼈다.

"그런데 난 콴의 세력을 적대한다고 말한 적 없는 것 같은데, 그리고 중립 거점에 속한다고도 말이야."

"하… 하면 타 세력에 들어가실 생각이란 겁니까?"

"아니, 그럴 생각도 없다. 그저 내게 주어진 퀘스트를 해결하는 것도 벅차서 말이지. 더욱이 세력 싸움에 끼어들고 싶진 않군."

치호는 있는 그대로의 사실을 말했지만, 그 말을 들은 차드는 어이없다는 듯한 표정을 짓기 시작했다.

치호 정도의 무력을 가진 자가 아직도 퀘스트 따위에 목숨을 걸고 있을 것이라곤 생각하지 못한 것이다.

더욱이 차드뿐만 아니라 다른 마스터들 역시 같은 표정을 짓다가 콧방귀를 뀌며 말했다.

"흥, 퀘스트는 개뿔! 이봐, 차드. 다른 세력에 투신하려는 게 분명해!"

"그럼 대체 이번 전투에서 왜 싸운 거요? 설마 우리의 환심을 사기 위해 그런 건 아닐 테고… 그 저의가 뭐요 대체?"

"타 세력에 투신하기 전에 막아야 하는 것 아니야?"

치호의 그 말 한마디에 마스터들과 치호 사이의 분위기가 점점 험악해지기 시작했다. 그들로서는 치호의 말이 도무지 납득이 되지 않았기 때문이다.

그랬기에 퀘스트라는 말은 허울 좋은 변명일 뿐, 그저 다른 세력에 투신하기 위해 거짓말을 하는 것으로 밖에는 들리지 않는 것이다.

"이봐, 차드. 뭘 그렇게 고민해! 분명 다른 세력으로 가려는 게 틀림없어!"

"마스터 최도현, 말 좀 해보시오. 대체 이게 어떻게 된 일이오? 중립 거점에 뿌리를 내리기로 한 것 아니었소?"

"제가 말씀드리지 않았습니까. 그저 저를 도와주시는 것일 뿐이라고… 하아."

최도현 역시 중간에 끼어 난감한 상황인 것 같았으나 치호와 마스터들 사이의 분위기는 걷잡을 수 없이 차갑게 식어갔다.

차드 역시 주변 마스터들의 의견을 듣고 무언가 결정했다는 듯이 치호에게 단호하게 말했다.

"후우… 상황이 어렵게 흘러가는군요. 치호 님, 상황이 상황인지라 저도 어쩔 수 없습니다. 이번 일이 일단락 지어질 때까지 거점 텔로시에 머물러 주서야겠습니다."

부탁도 아니고 강제로 치호를 텔로시에 머물게 하려는 차드의 어조에 치호는 재미있다는 듯 반문했다.

"텔로시에 머물러라? 흐음… 거부한다면?"

"거부하시지 않는 게 좋을 겁니다. 아무리 치호 님이라도 혼자서는 저희 모두를 감당하실 수는 없을 테니까요."

차드의 말이 끝나자마자 치호의 영역에 수많은 기척이 느껴지기 시작했다. 아무래도 거점 텔로시의 잔존 병력은 모두 이곳에 모이는 것 같은 낌새였다. 미리 이런 상황이라도 예측한 듯 빠르게 모이는 그들의 기척들이 느껴지자 치호의 이마에는 핏줄이 돋는 것 같았다.

그럼에도 치호는 감정을 가라앉히고 나지막이 말했다.

"미리 준비해 둔 건가?"

"저도 이렇게까지는 하고 싶지 않지만 거점에 위협이 될 수도 있는 자를 그대로 방치할 수는 없으니까요. 그냥 거점 에른으로 가셨다면 좋았을 텐데… 후우. 어쩔 수 없군요."

"위협? 하하하!"

치호는 차드의 말에 웃음이 터져 나와 멈출 수가 없었다. 도움 받을 때는 언제고 이제는 거점에 위협이라고 칭하는 그 태도에 분노를 넘어 웃음이 난 것이다.

한참을 시원하게 웃던 치호는 언제 웃었냐는 듯 얼굴을 굳히며 차드에게 차갑게 말했다.

"차드, 이게 도와준 것에 대한 대가인가?"

"어쩔 수 없습니다. 소란스럽게 하지 말고 함께 가시죠."

차드가 고개를 까딱하자 어느새 모여든 테스터들이 치호를 점점 둘러싸며 포위를 좁히기 시작했다.

치호 하나에 너무 신중한 듯한 테스터들의 움직임이었지만, 치호의 무력을 직접 본 그들로서는 그리 무리한 움직임도 아니었다.

긴장된 분위기 속에 테스터들이 치호를 향해 달려들려는 순간 그 움직임을 막는 하나의 검이 날아와 땅에 꽂혔다.

미소의 검이었다.

그리고 그 순간 울려 퍼지는 목소리 하나.

"저도 함께합니다."

숙소에서 쉬고 있는 줄 알았던 그녀가 어느새 장비를 완전 무장하고 나타난 것이다. 그러더니 치호 옆으로 걸어와 땅에 박힌 검을 뽑아들며 각 거점의 마스터들과 테스터들을 향해 말하기 시작했다.

"당신들도 별수 없네요. 저도 치호 아저씨와 함께 움직일 거예요. 그러니 치호 아저씨에게 적대하는 이들은 저 역시 적대할 것입니다."

미소는 '영광의 기록서'에 자신의 이름을 올리게 하였던 과거 경험과 치호가 지금 겪는 상황을 동일시해 참을 수 없어 나선 것처럼 보였다.

과거 자신이 겪었던 일을 또다시 반복하려고 하는 이들의 태도가 마음에 들지 않아 참을 수 없던 것이다.

하지만 그런 것을 알 리 없는, 아니 신경조차 쓰지 않는 각 거점의 마스터들은 미소를 향해 비난하기 시작했다.

"저, 저! 광녀가 낄 때 안 낄 때 구분을 못하고!"

"흥, 오만하기는! 하나 늘어났다고 해서 대세가 변할 것 같아?"

"쿤차, 광녀를 말려야 하는 것 아니오? 말 좀 해보시오."

쿤차에게 마스터들이 대답을 요구했지만 쿤차도 미소가 이렇게 나올 줄은 몰랐기에 별다른 답을 할 수가 없었다.

미소 역시 그런 그들의 말은 전혀 신경도 쓰지 않는 듯 치호에게 물었다.

"아저씨… 함께해도 돼요? 제가 짐이 되진 않겠죠?"

미소는 불안한 듯 치호에게 물었고, 치호는 그런 미소를 향해 편안한 미소를 띠며 말했다.

"그럼, 같이 가려고 안 했어? 네 장비를 내가 가지고 있는데?"

긴장되는 상황에서도 가볍게 농담하듯 받아치는 치호의 말에 미소는 작은 미소로 대답을 대신했다.

그런 두 사람의 분위기와는 달리 마스터들과 테스터들 사이의 소란스러운 분위기가 계속되자 차드는 그런 그들을 진정시키기 시작했다.

"자자, 진정들 하세요. 별로 달라진 것은 없습니다. 테스터 미소도 지금은 잠시 흥분했을 뿐, 시간이 지나면 생각을 달리할 것이니 크게 신경 쓸 필요 없습니다. 그러니 일단은 테스터 황치호 하나만 신경 쓰면 될 것입니다."

차드의 말이 끝나자 치호는 차드에게 말했다.

"차드, 그런데 말이야… 누가 혼자라고 했지?"

"예? 그게…무슨?"

"98인의 악몽."

치호는 차드의 말이 끝나기도 전에 98인의 악몽 모두를 소환했고 악몽들은 순식간에 치호의 등 뒤에 나타났다.

마치 군대처럼 칼같이 정렬해 있는 악몽들의 모습은 그 기세만으로도 주변을 압박해 나가기 시작했다.

악몽들이 모두 소환되자 치호는 나지막하게 말했다.

"어쩌나? 혼자가 아닌데."

치호는 차드에게 말했지만 차드는 그런 치호의 말을 들을 정도로 정신이 있는 것 같지 않았다. 제3 세력이라고 추측하고 있었던 이들이 치호의 세력이란 걸 깨닫게 되며 일의 심각성을 느낀 것이다.

물론 치호가 악몽들을 소환하기 전이었다면 어떻게든 사태를 수습할 수 있었을 테지만 이미 악몽을 소환하고 적대적 태도를 보였기에 이미 사태는 늦은 것 같았다. 텔로시의 테스터들과 치호의 악몽 사이의 공기는 더욱더 차가워져만 갈 뿐이었다.

미소도 치호의 뒤에 갑자기 나타난 악몽들에게 놀란 듯한 눈치였지만 내색하지 않고 그저 검을 슬며시 빼 들 뿐이었다.

일촉즉발의 위기 상황에 언제 어떤 식으로 전투가 시작될지 모르기에 미리 준비하려는 것이다.

"이… 이 무슨! 중립 거점을 적대하는 것입니까? 이런 병력을 숨기고 있다니!"

차드의 말을 시작으로 다른 마스터들 또한 정신을 차렸는지 치호를 비난하기 시작했다.

"이제야 본색을 드러내는군."

"저런 힘을 숨기고 기회를 노린 것인가… 허어."

"치호 당신, 대체 어디 세력에 속한 자요? 혹 강철의 얀센 소속에서 중립 거점을 노리고 보낸 것이오?"

각 거점의 마스터들은 다소 혼란스러워하는 분위기였지만, 치호는 그런 물음에 답해줄 필요를 느끼지 못했다.

어차피 무슨 말을 하든 그들은 믿어주지 않을 것이기 때문이었다. 더욱이 치호는 이미 사실을 말했음으로 더 이상 말할 가치를 느끼지 못한 것이다.

"자, 이제 어떻게 할 건가, 차드?"

치호의 말에 차드는 온몸을 부들부들 떨며 아무 말도 하지 못했다. 자신의 말 한마디에 수많은 희생이 생길 수 있으니 섣불리 명령을 내릴 수 없는 것이다.

차드의 경우 악몽들이 직접 전투하는 것을 보진 못했다. 하지만 무투 대회 행사장에서 전투를 치렀던 테스터들에게 그 위용에 대해서는 귀에 못이 박힐 정도로 들었기 때문에 이러지도 저러지도 못하고 있을 뿐이었다.

"왜, 혼자가 아니라서 공격을 못 하는 건가? 중립 거점은 혼자면 떼로 몰려와 핍박하고 그렇지 않으면 꼬리를 마는 집단인가?"

치호는 일부러 차드를 슬슬 도발하기 시작했다.

사실 미소 일도 있고 해서 중립 거점의 편의를 최대한 봐주려고 한 것인데 적반하장으로 자신을 핍박하려는 듯한 그들의 태도에 화가 났기 때문이다.

하지만 그런 치호의 도발에도 차드는 섣불리 움직이지 못했다. 그런 태도를 보다 못한 벨라탄의 마스터 쿤차가 짜증을 내듯 외쳤다.

"흥, 난 이 상황에서 빠지겠소. 어지간하면 같이 가려고 했는데 도저히 못 봐주겠군."

"쿤차! 도망가는 것이오?"

"마음대로 생각하시오. 내가 처음부터 이런 식으로 일을 진행하면 안 된다고 하지 않았소! 제길, 역시 마음 가는 대로 움직였어야 하는 건데… 나도 쓸데없이 편안함에 물들었던가."

쿤차는 처음부터 회의의 결정이 마음에 들지 않았던 것 같았다. 그도 그럴 것이 미소를 아끼는 그가 미소를 구해온 이를 핍박한다는 것 자체가 용납할 수 없던 것이다.

하지만 회의의 결정이었기에 어쩔 수 없이 따른 것인데, 상황이 복잡하게 꼬이자 결국 무리에서 빠지는 결정을 한 것이다.

더욱이 마초적인 평소 그의 행동을 보았을 때 이런 상황은 그의 가치관과 어울리지 않는 것이었다. 그런 상황에서 미소까지 치호에게 합류해 버리니 쿤차는 더 이상 그들과 적대하고 싶은 마음이 들지 않은 것이다.

다른 중립 거점의 마스터들에게 비난을 받을지라도 자신이 거둔 미소를 적대하고 싶지 않았다. 더욱이 자신의 앞에서 늘 약하고 의견 없던 그녀가 처음으로 자신의 의사를 밝힌 것이다.

쿤차와 자신과 만난 후 자신의 의사를 단 한 번도 밝힌 적 없는 미소였기에 그런 미소의 결정을 방해하고 싶은 마음은 추호도 없었다.

여러 가지 상황이 겹치자 쿤차는 망설임도 없이 이 상황에서 빠지겠다는 선언을 한 것이다.

그 모습을 본 치호는 다시 한 번 차드에게 말했다.

"다른 마스터들도 빠질지 말지 결정을 내려야 할 것 같은데? 한판 붙으려면 빨리 붙자고. 슬슬 지루해지기 시작했으니까."

치호의 말에 차드는 번쩍 정신이 들었지만, 그렇다 해도 결정을 내릴 수 없었다. 악몽들의 숫자와 치호의 무력, 그리고 광녀 미소의 무력까지 합쳐진다면 설령 이 싸움에서 이긴다 해도 진정 이긴 것이 아니기 때문이다.

더욱이 가뜩이나 피해를 입은 텔로시에서 전투가 벌어지면 텔로시는 회생 불가의 거점이 될지도 모른다.

차드가 이러지도 저러지도 못하고 있을 때 마스터 최도현이 나서며 말했다.

"차드 님, 포기하는 수밖에 없습니다. 치호 님이 거짓을 말할 분은 아니니 믿는 수밖에 없습니다. 그렇지 않다 해도 전투를 벌인다면… 이건 이미 진 싸움이나 다름없습니다. 병력을 물리시지요."

"하, 하지만……."

차드는 최도현에게 무어라 말을 하려고 했지만 최도현은 그저 고개를 저을 뿐이었다.

그러고는 치호에게 다가가 말했다.

"치호 님, 일이 이렇게 되어서 유감입니다. 제가 중간에서 제대로 중재하지 못한 탓입니다. 중립 거점을 탓하지 마시고 절 탓해주십시오. 비록 회의의 결정이라고 하나 그것을 막지 못한 제 탓이 큽니다."

치호는 최도현이 나서자 조금씩 움직이기 시작했다. 최도현과 함께 생활하며 그거 얼마나 올곧고 테스터들을 위하는 자인지 이미 파악을 했기 때문이다. 그런 그가 자신에게 용서를 구하니 치호도 마음이 흔들린 것이다.

"후우… 나머지 결정은 차드에게 달렸지."

치호는 최도현의 얼굴을 봐서 더 이상 차드를 도발하는 행위는 멈추었다. 그러자 차드는 기회를 놓치지 않고 병력을 물리는 신호를 보냈다.

차드 역시 자신의 실수를 파악하고 그것을 무마할 기회만 노리고 있었는데 최도현이 그 기회를 만들어준 것이다. 그렇기에 차드는 재빨리 병력을 빼서 치호를 공격할 의사가 없음을 알렸다.

치호가 미래에 다른 세력에 투신한다고 해도 지금 텔로시가 회생할 수 없는 타격을 입는 것보다는 나았기 때문이다.

"치호 님, 당신이 말한 대로 타 세력에 투신하질 않기만을 바랍니다. 자, 돌아갑시다."

어쩐지 가시가 있는 차드의 말이었지만 그 말을 남기고 서둘러 자리를 피하기 시작했다. 이곳에서 오래 있어봤자 자신에게 좋아질 게 없기에 얼른 피하는 것이다.

물론 모양새는 도망가는 꼴이라 보기 좋진 않았지만 어설픈 자존심을 지키는 것보다 자신의 병력을 하나라도 더 살리는 게 이득이란 걸 아는 것이다.

치호는 물러가는 테스터들을 보면서도 악몽들을 해제하지 않았다. 그들이 어떻게 나올지 모르기에 아직 긴장을 풀지 않은 것이다.

"최도현, 일이 아쉽게 됐어. 우리의 인연은 여기까지인 듯하군."

"후우… 저도 일이 이렇게까지 꼬일 줄은… 그저 무투 대회에서 저희 거점의 인물이 우승하길 바랐을 뿐인데… 하하하. 역시 필드는 필드인 것 같습니다."

"그런가, 그것도 그렇군."

두 사람은 쓴웃음만 지을 수밖에 없었다. 두 사람 거점 아틀란에서 처음 출발했을 때만 해도 이런 일이 일어날 것이란 것은 예상 못 했기 때문이다.

"그럼 우린 이만 가지."

"몸 조심하십시오. 정세가 어지럽습니다."

"걱정하지 말고 중립 거점이나 잘 추슬러. 이번 일 때문에 균열이 가면 정세는 더 흔들릴 테니까."

치호는 떠나면서도 최도현을 걱정하는 말을 남긴 후 무정하게 등을 돌려 거점 텔로시를 나서기 시작했다.

그런 그의 등 뒤로 98인의 악몽과 미소가 따라나선 것은 굳이 말할 필요가 없었다.

*　　　　*　　　　*

"아저씨, 저희는 어디로 가는 거예요?"

텔로시에서 나와 안전거리가 확보되자 미소도 조금은 마음이 편안해졌는지 치호에게 물었다.

치호는 그런 미소의 물음에 대답해 주었다.

"가보스. 중립 거점 가보스로 간다."

"가보스엔 왜?"

치호는 간단한 미소의 물음이었지만 잠시 고민을 하기 시작했다. 그저 동료를 만나러 간다 혹은 퀘스트의 대한 단서를 찾으러 간다고 간단하게 말할 수 있었지만 그렇게 하지 않았다.

미소의 상태를 고려한 것이다.

미소는 지금 다른 이에게 배신당한 상처가 다 아물지도 않은 상태, 그런 상황에서 적당히 말하고 상황을 넘긴다면 그건 그것대로 문제일 것 같았기 때문이다.

치호는 잠시 고민하더니 결정을 내린 듯 이야기를 시작했다.

대진과 메이, 그리고 자신이 해결하려고 하는 퀘스트의 내용 그리고 감시자와 창조자에 관한 이야기까지 지금까지 자신이 겪고 추측하고 있는 이야기를 하나씩 설명해 주기 시작한 것이다.

어차피 앞으로 미소와 함께 행동하려면 사실을 감추고 말고 할 일이 없기 때문에 이번 기회에 다 이야기해 두려는 것이다.

오히려 어설프게 몇 가지 사실을 숨기고 이야기하다가 추후 미소에게 의심이라도 산다면 그게 더 골치 아플 수 있기에 솔직히 모든 사실을 털어놓았다.

만약 모든 사실을 알고 미소가 자신과 함께하지 못한다고 해도 어쩔 수 없는 일이다. 그만큼 자신이 하는 일은 위험한 일이기에 마지막 결정은 스스로 해야 하기 때문이다.

한참의 시간이 지나 치호의 이야기가 모두 끝났을 때 미소의 얼굴에는 알 수 없는 표정이 떠올랐다.

"그러면… 이 모든 게 그 감시자, 아니 이 필드를 만든 자로부터 비롯되었다는 거예요?"

"그렇게 단언할 수만은 없지만… 원인을 제공하고 그들이 원하는 방향으로 알게 모르게 이끌고 있다는 건 확실하지."

미소의 물음에 치호는 솔직하게 이야기했다.

사실 필드에서 일어나고 있는 모든 비극이 그들에게서 비롯되었다 말하기는 힘들다. 가끔은 인간의 이기심과 욕망에 의해서 비롯되는 일들도 많았기 때문이다.

하지만 치호의 말을 들은 미소는 그런 것 따위는 상관없다는 듯 계속해서 물음을 던졌다.

"그럼 그들만, 그들만 사라진다면 이 지긋지긋한 생활도 끝낼 수 있을까요? 더 이상 사람들이 이곳으로 끌려오지도 않고 의미 없는 죽음을 보지 않아도 되는 걸까요?"

"아마도… 그렇게 되겠지. 그들이 사라지면 어떤 식으로든 결말이 날 테니까. 그 결말이 꼭 우리가 원하는 것은 아닐지라도."

치호의 말이 끝나자 미소는 잠시 생각에 빠진 듯했다. 그러더니 얼마 지나지 않아 결정을 내린 듯 치호에게 말했다.

"아저씨, 저 꼭 데려가 주세요."

"응?"

"그 녀석들의 얼굴을 꼭 보고 싶어요. 제 손으로 녀석들의 숨통을 끊고 싶어요. 이 슬픔의 연쇄를 만드는 그놈들을."

치호에게 단호하게 말하는 미소의 눈빛은 마치 일전에 전투를 치를 때의 그 눈빛이 잠시 떠오를 정도로 매서운 눈빛이었다. 하지만 그때와는 분명 달랐다.

그녀의 얼굴에 지금까지 보지 못했던 열망이 피어오르는 것을 느꼈기 때문이다.

그런 미소를 보며 치호는 다시 한 번 물었다.

"나랑 함께하면 목숨이 위험할 수도 있는데… 괜찮겠나?"

"걱정하지 마세요. 제 목숨은 제가 지킬게요. 아니 방해된다면 버리고 가도 좋아요. 그런 건 익숙하니까."

"그런 일은 없을 테니까 걱정하지 마라."

미소는 굳이 뒷말은 꺼낼 필요도 없을 텐데 지금까지의 경험이 있어서인지 쓸데없는 말이 나온 것 같았다. 하지만 치호의 얼굴에는 그런 미소를 보며 작은 웃음이 피어올라 있었다.

목표가 생긴 것만으로 그녀의 행동이 점점 변화하는 것을 느낀 것이다. 일전에 쿤차가 말한 미소의 무기력한 모습은 점점 사라지고 얼굴에는 점점 생기가 도는 모습에 미소의 상태가 호전되는 것 같아 마음이 조금은 편안해졌다.

치호는 그런 그녀를 보다가 무엇인가 생각난 듯 인벤토리를 열어 물품을 찾기 시작했다.

잠시 후 치호가 꺼낸 물품은 작은 귀걸이, 〈영혼의 메아리〉였다. 미소가 함께하기로 했으니 혹시 모를 때를 대비해 건네는 것이다.

"이거 받아."

"이게 뭐예요?"

미소는 치호가 건네는 물품을 보더니 의아한 표정을 지었다. 그런 미소에게 간단히 물품에 대해 설명을 해주었다.

"이런 아이템이… 이게 있으면 다른 필드에 가더라도 혼자되는 느낌은 없겠네요."

"그 덕분에 다른 녀석과 만나러 갈 수 있는 거지. 이게 없었으면 메이와 대진도 다시 만나기 힘들었을 거다. 시간이 좀 더 오래 걸릴 테니까."

"고마워요. 무슨 일이 있어도 빼놓지 않을게요."

미소는 치호에게 〈영혼의 메아리〉를 받자마자 귀에다 걸었다. 작은 귀걸이임에도 미소는 〈영혼의 메아리〉가 어지간히 마음에 든 것 같은 표정을 지었다.

그런 미소를 보며 치호는 잠시 고민하는 것 같더니 물품 하나를 더 내밀었다.

치호의 손에 들린 것은 일전에 벗어 놓은 〈광기의 야차 귀면갑〉이었다. 미소에게 〈고통의 조각〉을 건네받은 후 인벤토리에 넣어둔 것이 생각나 꺼낸 것이다.

"이것도 받아. 이건 어쩌면 네게 도움이 될 수도 있겠군."

"네? 하지만……."

"받아. 어차피 〈고통의 조각〉을 나한테 건네서 변변찮은 아이템도 없을 것 같은데 어설픈 것보다는 이게 훨씬 나을 거다."

미소는 〈광기의 야차 귀면갑〉을 받아 들며 아이템 설명을 살펴보는 것 같았다. 그런 미소에게 치호는 약간의 부연을 하기 시작했다. 직접 착용해 봤기에 아이템의 설명보다 생생하게 기능에 대해 설명해 줄 수 있기 때문이었다.

"〈야차〉가 발동될 때 감각에 주의해야 해. 아무리 고통이 사라진다고 하지만 몸까지 완벽한 상태는 아니니까."

"걱정 마세요. 그런 건 많이 경험해 봐서 익숙하니까요."

"그래, 가장 좋은 건 그 효과가 발동되지 않는 것이지만 방어력도 괜찮고 특수 효과도 뛰어나니까 사용하기에는 문제 없을 거다."

미소는 그런 치호에게 고개를 끄덕이며 아이템을 바꾸어 착용했다. 미소와 치호의 체격 차가 있음에도 과연 장인이 만든 물품이라 그런지 크기 조절이 자동으로 되는 모습을 볼 수 있었다.

〈영혼의 메아리〉와 〈광기의 야차 귀면갑〉까지 모든 착용을 마친 미소는 몸을 이리저리 움직여 보더니 마음에 든다는 듯 치호를 향해 작은 미소를 지었다.

그러기를 잠시, 미소의 기세가 일순 급변하며 때아닌 살기를 피워내며 주변을 경계하기 시작했다. 그녀의 손에는 어느샌가 검이 들려 있었다.

"누구냐!"

치호 역시 미소의 살기에 무의식적으로 반응해 〈파멸의 조각〉에 손을 올렸지만 이내 피식 웃고 말았다. 대진이 〈영혼의 메아리〉를 통해 치호를 부르는 소리에 놀라 미소가 검을 빼들고 살기를 피워냈기 때문이다. 이제 막 〈영혼의 메아리〉를 착용한 미소가 아이템에 아직 적응되지 않아 벌인 실수였다.

—으악! 깜짝이야. 뭐야? 대체 무슨 일이야?

—새 친구가 조금 놀란 모양이다.

—응? 새 친구? 오! 치호, 다른 사람에게 〈영혼의 메아리〉를 건넨 거야? 그런 거야?

—그래. 가보스에서 볼 수 있을 거다.

—그럼 아까 그 목소리는… 흠흠. 안녕하시오, 난 대진이라고 합니다. 목소리가 참 아름다우십니다. 하하하.

—네, 아… 안녕하세요?

치호가 대진에게 미소에 대해 별다른 설명을 하지 않았음에도 대진은 금세 태도를 바꾸어 점잖은 척을 하기 시작했다.

그러자 메이가 참지 못하고 대화에 끼어들었다.

—대진 아저씨, 에휴… 그러고 싶어요?

—뭐가? 내가 뭘!

—에휴… 내가 말을 말아야지. 하던 대로 하세요. 하던 대로.

—…망할 계집.

메이는 대진에게 한심하다는 듯 말했고 대진은 원하는 대로 일이 풀리지 않자 뭔가 심통난 듯 툴툴거렸다. 치호는 그런 대화를 들으며 간단하게 미소에 관해 소개하기 시작했다.

—나와는 첫 번째… 그러니까 메이를 만나기 전부터 인연이 있었던 사이지. 믿을 만한 사람이니까 잘해줘.

—첫 번째 필드요? 저랑 만났으면 더 좋았을 텐데… 헤헤.

—나도 첫 번째 필드에서의 인연이 이어졌지.

—아저씨!

대진이 다시 한 번 대화에 끼어들려고 하자 메이가 질색하며 소리쳤고 대진은 원래대로 말을 할 수밖에 없었다. 대진과 잠시 투덕거리던 메이는 다시금 미소에게 말했다.

—언니! 전 메이예요! 해결사 메이! 혹시 들어보셨어요?

—아… 메이 씨라면 '영광의 기록서'의 그?

—에헤헤. 맞아요, 맞아. 앞으로 잘 지내요.

—계집애야! 너만 '영광의 기록서'에 등재된 줄 아냐? 나도 이제 엄연히 '대진'이란 이름이 박혀 있는 남자라고!

대진은 '영광의 기록서'에 대한 언급이 나오자 그 잠깐을 참지 못하고 다시 끼어들기 시작했다. 또다시 메이와 대진이 아웅다웅하려고 하자 치호가 끼어들며 나섰다.

—아무튼, 서로 잘 지냈으면 좋겠군. 우리도 조만간 가보스

에 도착할 것 같으니 그때 보자고. 그런데 대진, 갑자기 연락한 이유가 뭐지?

—이런, 미소 씨 목소리 때문에 잊을 뻔했군. 내 위치를 알아냈어. 지금 난 거점 '아반토르'란 곳에 있는데… 여기에서 가보스로 가는 법을 좀 물으려고.

—아, 그랬군. 아반토르라…….

치호는 대진의 말에 얼른 인터페이스 상의 지도를 켜고 위치를 확인했다. 위치를 보니 대진은 강철의 지배자 '얀센'의 영역에 있는 것 같았다.

—그곳은 강철의 지배자 '얀센'의 영역이군. 거기서부터 동남쪽으로 내려오면 가보스가 보일 거다.

—그렇군. 알았어, 나도 곧 출발할게. 뭐… 해줄 이야기가 좀 있긴 하지만 그리 중요한 건 아니니 만나서 이야기하자고.

—그래, 괜히 다른 일에 엮이지 않도록 신경 써.

—하하하. 걱정하지 말라고. 이제 나도 '영광의 기록서'에 등록되었으니까 걱정 없지. 하하하.

자신 있게 말하는 대진의 말을 끝으로 통신은 끊겼고, 치호는 끊기자마자 저도 모르게 한숨을 내쉬었다.

그런 치호를 보며 미소가 다가와 말했다.

"재미있는 분들이네요."

"뭐… 그래도 나쁜 녀석들은 아니니까. 그리고 실력도 믿을 만해. 대진 말대로 모두 '영광의 기록서'에 등록된 녀석들이니 등을 맡기기에는 문제없을 거다."

"네."

치호는 가볍게 미소와 대화를 나눈 후 다시금 중립 거점 가 보스를 향해 걷기 시작했다.

대진도 '가보스'와 그리 멀지 않은 거점이라 조금 서두른 다면 비슷한 시기에 모두 '가보스'에서 만날 수 있을 것 같았 다.

*　　　　*　　　　*

어디선가 비명이 들릴 것 같은 분위기의 어둡고 긴 복도를 걷는 두 남자가 있었다.

한 남자는 당당한 걸음으로 앞서 나갔고, 다른 한 남자는 그 뒤를 따르며 머뭇거리며 마지못해 따라가고 있었다.

그 두 남자의 정체는 '알란'과 중립 거점 포차드의 마스터 '타이라'였다.

"이봐, 알란. 정말 아무 문제없겠지?"

"글쎄? 내가 알아?"

"알란, 너 역시도 이번 일에 대해서 책임이 있을 텐데 그렇게 쉽게 말해도 되는 거냐!"

"나? 내가 무슨 책임."

타이라는 이를 악물며 말했지만, 타이라의 기대와는 달리 알란은 그저 퉁명스레 대답했다.

"뭘 착각하고 있는 것 같은데 말이야. 난 단지 네 호위만을 부탁받았을 뿐이야. 착각하면 곤란하지?"

"네놈이 좀 더 일찍 나와 그 괴물 같은 놈만 붙들고 있었어도 계획대로 일이 풀렸을 것 아니냐! 이제 와 발뺌할 텐가!"

"뭐… 계약 내용에 없는 일까지 굳이 내가 할 필요 있어? 나도 목숨 걸고 하는 장사야."

"이… 이!"

"잔소리 말고 어서 들어가 보자고. 그 양반이 기다리고 있을 테니까."

두 사람이 대화하는 사이 어느새 거대한 문 앞에 도착해 있었고 알란은 거침없이 문을 열었다.

그그극.

거대한 문은 알란이 툭 밀자 천천히 열렸고 타이라의 얼굴은 긴장으로 딱딱하게 굳어만 갔다.

문 너머의 그의 기운을 느낀 것이다.

"왔는가."

중저음의 쉿소리가 섞인 듯한 목소리의 주인공.

짐승의 왕 '콴'이었다.

그는 허리까지 내려오는 검은 긴 머리카락을 가지고 있었고, 손에는 손가락마다 빠짐없이 반지가 끼워져 있었다.

게다가 피부는 창백했고 눈매 또한 날카로워 보는 이로 하여금 오금을 저리게 만들기 충분했다.

그는 검은 로브를 입고 있었는데 그 로브 사이로 언뜻언뜻 비추는 근육은 그의 얼굴과는 어울려 보이지 않았다.

날카롭지만 유약해 보이는 얼굴과는 달리 전혀 반대의 몸을 가진 그가 바로 짐승의 왕 '콴', 악명 높은 공포의 이름의 주인이었다.

그는 두 사람을 기다렸다는 듯 고개를 들어 알란에게 말했다.

"일의 경과는 대충 들었다."

"뭐… 그렇게 됐수다. 생각보다 강하더라고?"

"호오. 알란, 네가 나섰음에도?"

콴이 알란의 말에 흥미롭다는 듯 살짝 미소를 지었고 그 미소를 보는 타이라는 슬며시 나서서 변명을 하기 시작했다.

"그… 그렇습니다! 그런 악마 같은 놈이 있을 줄은… 하지만 병력을 좀 더 내어주신다면 제가 확실히 녀석을 처리하겠습니다!"

콴은 그런 타이라를 물끄러미 내려 보다가 말했다.

"그런데… 누가 너에게 발언권을 허락했지?"

"아, 저… 그게."

콴은 그저 타이라를 보며 이야기한 것뿐이지만 콴과 눈이 마주친 타이라는 부들부들 떨기 시작했다. 콴의 눈빛조차 제대로 받아내지 못하는 것이다.

"죄… 죄송합니다."

"괜찮다, 괜찮아."

콴은 괜찮다면서 천천히 타이라 곁으로 다가가 어깨에 슬쩍 손을 올렸다.

타이라 역시 부드러운 콴의 목소리에 안심하려던 찰나 무엇인가 잘못되었다는 것을 느낄 수 있었다.

자신의 어깨에 올린 콴의 손이 붉게 빛나기 시작했기 때문이다.

"괜찮다. 너 또한 나의 충직한 병사가 되어 충성을 다하면 될 일, 걱정할 것 없다."

"아, 안… 크억!"

손에서 빛나던 붉은 빛은 점점 색이 짙어졌고, 그 빛이 커지는 것과 동시에 타이라의 비명도 커져만 갔다.

"크아아악!"

타이라의 온몸은 뒤틀려 피를 토하기 시작했고 사지의 뼈라는 뼈는 모두 튀어나와 온전한 인간의 모습을 유지하지 못했다.

명색이 중립 거점의 마스터 자리까지 올라갔던 타이라가 반항 한번 못 해보고 콴의 손에 농락당하고 있는 것이다.

크르르르.

타이라의 비명이 끊겼을 때 비명 대신 짐승의 낮은 울음이 울려 퍼지기 시작했다. 이후 타이라의 모습은 흔적도 없이 사라지고 한 마리의 괴물이 있을 뿐이었다.

"A급은 될 줄 알았건만 B급인 건가."

콴은 괴물로 변한 타이라에게 손을 떼며 나지막하게 중얼거렸다. 콴이 손을 떼자 어디선가 나타난 몇몇의 테스터가 타이라를 끌고 나가기 시작했다.

타이라가 괴물로 변해가는 일련의 과정을 지켜보던 알란이 인상을 찌푸리며 콴에게 말했다.

"이럴 거면 군이 나한테 살려서 데려오라고 한 이유가 뭐요? 차라리 그놈하고 신명나게 한판 붙을 걸 그랬네. 제길."

"타이라가 중립 거점 놈들에게 죽지 않았다는 사실이 중요할 뿐이지. 네 역할은 충분히 했다. 알란."

"뭐, 나야 할 일을 한 것뿐이지. 그 양반들한테나 잘 얘기해 주쇼. 계약은 확실히 이행하고 있다고."

"아직도 그런 헛된 것을 바라고 있다니. 도무지 이해할 수가 없군. 그냥 나의 세력에 완전히 전향하는 것은 어떤가."

"거 쓸데없는 소릴. 아무튼 앞으로 두 번 남았으니까 의뢰를 할 때는 신중하게 하쇼. 그럼 이만."

짐승의 왕 '콴'이 내뿜는 기운 앞에서도 전혀 흔들림 없는 모습을 보인 알란은 말을 마치고 미련 없이 돌아섰다.

돌아서는 알란의 모습을, 콴은 알 수 없는 눈빛으로 바라볼 뿐이었다.

제8장

가보스 Ⅰ

끼에엑!

쿠웅.

"후우. 마지막이라 그런지 확실히 까다롭긴 하군."

"아저씨, 괜찮아요?"

미소는 괴물과 전투를 끝낸 치호에게 달려가며 외쳤다. 이번에 달려든 괴물의 숫자는 미소도 걱정이 들 정도의 숫자였기 때문이었다.

하지만 치호는 그런 미소의 걱정과 달리 별일 아니라는 듯 호흡을 가다듬으며 차분하게 대답했다.

"그래, 그래도 도착하기 전까지는 끝마쳤군."

치호는 미소에게 안심을 시키며 새롭게 떠오른 메시지를 확인했다. 지난번 무투 대회 행사장에서 사용한 〈차림의 뿔리피〉에 관한 메시지였다.

중립 거점 가보스로 이동하면서 꾸준히 〈차림의 뿔피리〉를 사용하여 결국 30번의 도발을 모두 이겨낸 것이다.

〈혼자만의 힘으로 도발된 괴물을 1회 처리했습니다.〉

〈차림의 뿔피리 30/30 완료〉

〈차림의 뿔피리의 새로운 기능이 드러납니다.〉

〈완성된 차림의 뿔피리―1개〉

―효과: 뿔피리를 불면 일정 지역 내의 모든 괴물을 도발합니다.

―내용: 거점에 침입한 괴물들을 유인하기 위해 차림이 개발한 도구. 과거 차림은 이 뿔피리를 사용해 거점에 침입한 괴물들을 유인하는 데 성공했지만 끝내 도발당한 괴물들을 처리하지 못하고 목숨을 잃은 비운의 아이템.

―특수 효과: 괴물의 도발 범위는 사용자의 역량에 따라 조정되며 거점에서조차 뿔피리의 효과를 막을 수 없습니다.

치호는 떠오르는 〈차림의 뿔피리〉의 추가된 내용을 보며 고개를 끄덕였다. 일전에 치호가 예상했던 효과가 떠오른 것이다.

'과연… 그나마 스티븐이란 녀석의 역량이 뛰어나지 못해 그 정도로 그친 건가.'

만약 그때 나타났던 녀석들 중 스티븐보다 강한 자가 뿔피리를 사용했다면 아마 괴물들의 처리가 더 힘들었을 것이다. 사용자의 역량에 따라 범위가 조정된다고 하니 만약 그때 나타난 알란이란 녀석이 뿔피리를 불었다면 거점 텔로시는 흔적도 없이 사라졌을지 모른다는 생각이 들었다.

'생각보다 재미있는 물건이야.'

이런 아이템이 상점에서 버젓이 팔고 있는 의미에 대해 곰곰이 생각해 봤지만, 그럴수록 감시자 혹은 이 필드를 만든 녀석들에 대해 반감만 생길 뿐이었다.

'싸우라는 건가.'

치호는 아이템의 효과에 대해 생각할수록 씁쓸한 기분이 들어 얼른 다른 생각으로 기분을 지우기 시작했다.

"스테이터스 상태 확인"

〈스테이터스 상세〉

─종족(격): 인간(전문 테스터─정복자)

─이름: 황치호 (Lv. 40)

─특성: 불사의 괴인 [???]

—직업: 진실의 탐구자

—기본 능력 (미지정 포인트 +20)

근력: 742[+0(682) +40%] 〉 1,039

지구력: 708[+0(698), +50%] 〉 1,062

민첩: 930[+0(870), +40%] 〉 1,302

마력: 424[+0(299), +55%] 〉 657

기량: 447[+0(437), +40%] 〉 626

—추가 능력: 이동 속도 +30%, 저항력 +85%

—획득 칭호: 카미유 학살자, 고독한 사냥꾼, 종의 운명 결정자, 자이언트 킬링(3), 마지막 비원을 이룬 자(1), 감시자(3), 홀로선 자, 격동의 대현자, 율법의 수호자(1), 지배자 사냥꾼(2)

치호는 떠오른 자신의 스테이터스를 확인하며 변경된 수치에 대한 몸의 반응을 점검했다.

'〈고통의 조각〉에 붙은 민첩 효과 덕에 몸을 움직이는 게 확실히 편해졌군. 거기다 미지정 포인트가 20이라.'

미소가 건넨 〈고통의 조각〉덕에 민첩 스테이터스도 1,000을 넘어가기 시작했는데 그 효과는 〈차림의 뿔피리〉를 30회차까지 사용하면서 충분히 느꼈다.

검은 힘을 사용하지 않았음에도 막 전투를 끝낸 치호의 몸에 생채기 하나 없는 걸 보면 그 효과는 대단한 것 같았다.

'이 정도면 슬슬 적응은 완벽하게 했다고 봐도 되겠군.'

치호는 상태창을 닫으며 어느 정도 만족했지만, 표정은 아직도 무엇인가를 생각하는 듯했다.

'그나저나 그건 아직도 알 수가 없군. 대체 무슨 의미지?'

치호가 고민하는 것은 〈고통의 조각〉을 얻으면서 새로 생긴 효과에 대한 것이었다.

'일단 보조 효과 〈망령의 고통〉의 경우 내가 경험했었던, 치료가 되지 않는 상처를 입히는 것 같기는 한데… 세트 효과가 문제로군.'

〈고통의 조각〉을 착용하며 새롭게 생긴 세 번째 세트 효과 '필드의 숨겨진 모든 존재를 착용자의 시야에 드러내고 허와 실을 구분해 낼 수 있습니다'란 문구가 치호의 머릿속을 맴돌고 있었다.

전투를 치르다 보면 어떤 효과인지 느낄 수 있을 것 같았는데 딱히 이렇다 하게 느껴지는 효과가 없었다.

'골치 아프군. 뭐… 언젠간 알게 되겠지.'

한동안 그 효과에 대해 생각하다가 도무지 단서가 없어 일단 미루어 두기로 했다. 지금 고민한다고 해서 답이 떠오르지 않는 걸 붙잡고 있어 봐야 아무런 득이 되지 않기 때문이다.

'휴… 이런 건 별로 마음에 들지 않지만 어쩔 수 없군.'

치호가 생각을 갈무리할 때 미소가 곁에서 불안한 표정을 지으며 말했다.

"아저씨, 무슨 생각 하고 있어요?"

"아, 별것 아니다."

"〈고통의 조각〉이 문제가 되는 건 아니죠?"

미소는 치호가 〈고통의 조각〉을 착용하고 사냥을 하는 것이 못내 마음에 걸렸는지 치호를 걱정스러운 표정으로 바라보고 있던 것이다.

하물며 사냥이 방금 끝난 지금 혼란스러운 표정으로 멍하니 서 있었으니 미소가 걱정하는 것은 어찌 보면 당연한 일이었다.

그런 미소를 보며 치호는 안심하라는 듯 미소를 지으며 말했다.

"걱정하지 마라. 이런 물건에 놀아나진 않으니까."

"그래도… 아무튼 뭔가 이상한 생각이 들거나 괴로운 생각이 들면 무조건 아이템부터 해제하세요. 제가 그걸 몰라서… 아이템을 벗고 나니 뭔가 좀 맑아지는 것 같은 느낌이에요."

"걱정해 줘서 고맙군."

치호는 그런 미소를 보며 조금씩 마음이 놓이기 시작했다. 미소가 〈고통의 조각〉을 자신에게 넘긴 후 말수도 조금 늘어나고 표정도 조금씩 밝아지고 있었기 때문이다.

아니, 어쩌면 〈고통의 조각〉 때문이 아니라 치호가 사냥을 대신하고 미소 앞에서 압도적인 무력을 보였기 때문인지도 몰랐다. 지금까지 미소에게 접근하는 이들은 미소의 무력을 이용하려는 이가 대부분이었기 때문이다.

그렇기 때문에 배신의 아픔을 가진 미소는 마음의 문을 열지 못하고 상처만 계속 키워간 것이다.

하지만 치호는 달랐다.

치호 같은 무력을 가진 자라면 미소 자신을 속일 이유도 없었고 그럴 필요도 없다. 오히려 스스로가 짐으로 느껴질 정도로 치호가 자신을 챙겨주는 모습에 조금씩 마음의 문을 여는 것이다.

하지만 그런 사실을 알지 못하는 치호는 그저 〈고통의 조각〉을 착용하지 않은 덕에 미소의 상태가 호전되는 것이라고 느낄 뿐이었다. 치호는 잠시 미소를 보며 흐뭇한 표정을 짓다가 무엇인가 생각난 것인지 미소에게 물었다.

"미소, 그런데 효과가 느껴지나?"

"아까 써주신 스킬이요?"

"그래, 뭔가 효과가 좀 있나?"

"글쎄요. 전투에 참여하질 않아서 아직 제대로 된 효과는 느끼지 못하겠어요."

"흠… 그렇군. 어느 정도까지 방어해 낼 수 있는지 알아보면 좋을 텐데 아쉽군."

치호는 가보스로 향하며 경험 변환으로 얻은 스킬을 미소에게 사용했었다.

하지만 별다른 효과를 느끼지 못한다는 미소의 말에 다시 한 번 획득한 스킬 설명을 살폈다.

<궁극의 방어-지속형>

—내용: 해당 사용자는 이미 방어에 대한 이해 혹은 방어술에 관한 극의에 이르렀습니다. 이는 단순히 방패 같은 도구를 사용해 방어를 하거나 체술을 사용한 방어를 뜻하는 것이 아닙니다.

유형의 방어뿐만 아니라 무형의 공격에 대한 방어까지도 완벽하게 궁극에 달했다는 의미이기에 해당 경지를 이룬 당신의 노력과 재능에 감탄을 표할 수밖에 없습니다. 그 위대한 경지에 경의를 표하며 그에 합당한 스킬 효과를 부여합니다.

해당 스킬은 테스터 황치호의 오리지널 스킬로 등록됩니다.

—지속 효과: 인지하지 못한 불의의 공격 1회에 한해 모든 충격을 무효로 돌립니다.

—특수 효과: 사용자가 가진 마력을 사용해 타인을 향한 절대 방어를 사용할 수 있습니다.

—소모 자원: 200

—숙련도: (0/10)

'지속 효과야 그렇다 치지만, 타인을 향한 절대 방어라… 이번 기회에 확실히 알아보면 좋았을 텐데 아쉽군.'

지금까지 경험 변환으로 얻은 스킬은 모두 쓸 만했기에 이번에도 나름 기대했지만, 기대보다는 영 시원치 않았다.

사실 지속 효과는 치호에게 있어 거의 유명무실한 기능이나 마찬가지다. 〈광인의 영역 선포〉가 있는 치호에게 기습은 거의 불가능에 가까웠기에 그 효과가 썩 마음에 들지 않은 것이다.

더군다나 〈광인의 영역 선포〉가 아니라도 자신의 영역에 들어온 인물의 살기를 놓칠 치호가 아니었기에 스킬의 가치가 제대로 느껴지지 않았다.

하지만 특수 효과에 관해서는 나름 기대했는데 미소의 말로는 아직 정확한 효과를 알 수 없어 조금 실망했다.

'뭐… 1회 사용에 마력이 200이나 소모되니 어떤 식으로든 쓸모가 있겠지.'

타인에게 절대 방어를 사용할 때 소모되는 마력은 치호가 가진 그 어떤 스킬보다도 많은 마력이 사용된다. 그렇다면 어떤 식으로든 효과가 있을 것이기에 기대를 버리지 않았다.

치호는 〈궁극의 방어〉 스킬을 살핀 후 새로 변환 중인 경험의 변환율을 확인했다.

[정신 단련 변환율 3%···]

'이건 또 이것 나름대로 문제군.'

〈궁극의 방어〉를 얻은 후 새롭게 선택한 스킬이지만 변환율이 빠르게 변하지는 않는 것 같았다. 더욱이 〈차림의 뿔피리〉를 이용해 많은 전투를 치렀음에도 변환이 3%밖에 되지 않는 걸 보면 전투는 변환에 큰 도움이 되지 않는 것 같았다.

'명상이라도 한번 꾸준히 해봐야겠군.'

변환 중인 경험을 살피며 걸을 때 미소가 부르는 목소리가 들렸다.

"아저씨, 저희 텔로시를 떠나온 지도 좀 된 것 같은데, '가보스'는 언제쯤 도착하는 거예요?"

미소의 물음에 스킬 창을 얼른 닫고 지도를 켜서 살피기 시작했다. 지도를 확인해 보니 얼마 지나지 않아 도착할 수 있을 것 같았다.

"거의 다 왔다. 곧 도착할 거야."

"아저씨, 벌써 그 말만 세 번째인 것 알죠?"

사실 지도상으로는 얼마 걸리지 않을 거리였지만 치호가 〈차림의 뿔피리〉를 사용하는 바람에 일정이 늦어지고 있던 것이다. 하지만 실제로 거의 다 왔기 때문에 미소가 물을 때마다 대답한 것인데 다소 오해가 생긴 것 같았다.

치호가 무어라 변명을 하려는 찰나 저 멀리에서 두 사람을 부르는 소리가 들려왔다.

"아저씨! 치호 아저씨!"

치호가 그 목소리에 고개를 돌려 바라보니 저 멀리서 메이가 빠른 속도로 달려오고 있었다. '가보스'에서 혼자 있기 심심했는지 두 사람을 마중 나온 것이다.

메이는 치호를 확인하고는 빠른 속도로 뛰어오기 시작했다. 그런 메이의 모습을 보는 치호의 얼굴에는 자신도 모르게 옅게나마 미소가 피어올랐다.

치호 역시 오랜만에 보는 메이가 반가웠기 때문이다. 떨어진 시간은 얼마 되지 않으나 필드에서의 시간은 지구에서 겪었던 일을 압축해서 겪는 듯한 느낌이 들 정도로 여러 가지 일을 동시에 겪었기 때문인지 체감하는 시간이 훨씬 길게 느껴진 것이다.

"헤에, 아저씨! 오랜만이에요!"

"그래, 가보스에서 기다리지 뭣하러 나왔어. 길이라도 엇갈리면 어떡하려고."

"〈영혼의 메아리〉가 있는데 무슨 걱정이에요?"

메이는 치호와 인사하다가 옆에 서 있는 미소에게 시선이 돌아갔다.

"오! 이분이?"

"그래, 미소다. 서로 인사들 해."

"어머, 언니! 반가워요. 전 메이라고 해요. 저… 언니라고 불러도 괜찮은 거죠?"

"아… 네. 그럼요."

"헤헤. 정말 반가워요. 그동안 남자들 사이에 혼자 껴 있으면서 고생 진짜 많이 했는데 언니가 함께한다니 정말 꿈만 같아요."

"고, 고마워요."

메이는 붙임성 있게 미소에게 이런저런 말을 걸었고 어느새 치호는 뒷전이 되어버렸다. 아무래도 치호를 만나고 싶어서 마중 나온 게 아니라 미소가 궁금해서 마중 나온 것 같은 기분이 들었다.

"언니, 말 편하게 하세요. 헤헤."

"그… 그럴까?"

"그럼요. 앞으로도 계속 함께할 건데 편하게 하세요. 그리고 대진 아저씨라고 주접떠는 아저씨가 있는데 그 아저씨는……."

메이는 같은 여자인 미소를 만나서 기분이 좋은지 수다가 멈출 줄을 몰랐다. 미소는 처음에 그런 메이의 모습에 몹시 당황한 것 같지만 얼마 지나지 않아 말까지 편하게 할 정도로 익숙해진 모습이었다.

'메이가 나보다 도움을 많이 줄지도 모르겠군.'

치호는 그런 두 사람의 모습을 보면서도 딱히 대화에 끼어 들거나 하지 않았다. 메이와 대화하는 미소의 모습이 점차 밝아지는 것 같은 느낌이 들었기 때문이다.

'하긴… 마음 터놓고 이야기할 상대가 없었을 테지.'

필드에서의 전투 요원은 여자도 많지만, 상대적으로 남자가 더 많았기에 아무래도 미소가 마음을 터놓고 같이 이야기할 상대가 없었을 것이다.

하지만 같은 여자인 메이가 함께하니 마음이 좀 더 편해진 것은 말할 것도 없을 것 같았다.

두 사람이 대화하는 걸 듣다 보니 어느새 가보스가 눈에 보이기 시작했다.

"저기가 가보스군."

"어머, 내 정신 좀 봐. 제가 마중 나온 이유도 혹시 가보스를 못 찾을까봐 나온 건데 깜빡 잊고 있었네요."

"아, 내가 말 안 했던가?"

"뭘요?"

메이가 마중 나온 것은 미소를 보려는 것도 있지만 가보스에 처음 방문하는 두 사람이 숨겨진 가보스를 찾을 수 없으리라 판단한 것이 컸다.

하지만 치호는 이미 〈틸베른의 속임수〉를 통해 어떤 거점이든 드나들 수 있었기에 그런 배려가 필요치 않은 걸 모른 것이다.

메이와 미소에게 자신이 가진 지도 기능을 이야기하자 두 사람은 어처구니없다는 듯한 표정을 지었다.

"와… 그런 능력이 있어요?"

"능력이라기보단 운이 좋았지."

"엄청 편하겠네."

메이가 부러운 듯 치호를 바라보며 말했고 미소도 치호에게 한마디 하는 걸 잊지 않았다.

"그래서 텔로시에서 여기까지 길도 잃어버리지 않고 단번에 찾을 수 있던 거군요?"

"그래, 편하긴 하지."

"거점에 얽매일 필요가 없겠네요."

"흠… 그런가?"

같은 기능을 보고도 미소와 메이의 관점은 서로 달랐지만 가보스로 향해야 한다는 사실은 변하지 않았기에 치호는 분위기를 전환하며 두 사람에게 말했다.

"아무튼 어서 들어가지. 가보스는 어떤 모습일지 궁금하군."

"아, 네!"

메이는 잠시 넋을 놓고 있었는지 화들짝 놀라 대답한 후 미소를 이끌고 중립 거점 가보스를 향해 들어갔다.

치호만 거점을 이동하는 데 문제가 없을 뿐이지, 미소는 여전히 다른 이의 인도가 있어야 거점에 들어갈 수 있기 때문이었다.

$$* \qquad * \qquad *$$

"여기가 가보스인가?"

"어때요? 여기도 꽤 깔끔하지 않아요?"

"과연."

치호가 본 가보스의 모습은 다른 중립 거점과 마찬가지로 성벽이 있었고, 거기에 더불어 성벽을 둘러싼 해자까지 갖추고 있는 모습이었다.

치호가 가보스의 성벽을 둘러볼 때 성벽 위에서 일행을 부르는 소리가 들렸다.

"어이, 레아! 이제 돌아오는 거야? 그 두 사람이 먼저 이야기한 동료들인가?"

"네! 맞아요. 한 명 더 있긴 한데 두 명이 먼저 왔네요!"

"알았어, 내 성문을 열어주지. 조금만 기다려!"

두 사람의 대화 후 성문이 열리자 메이는 두 사람을 안내해 들어가기 시작했다. 그런 메이에게 치호가 물었다.

"레아라니?"

"헤에, 제가 '영광의 기록서'에 등재되어 있잖아요. 그래서 살짝 가명을 썼죠. 여기서는 저 레아라는 이름을 쓰고 있어요."

"굳이 그럴 필요까지 있어?"

"이상하게 네 번째 필드에서는 '영광의 기록서'에 등록된 사람을 찾으려는 시도가 많아서 귀찮아요. 가명 하나로 편하게 지낼 수 있으면 그게 더 좋죠. 헤헤……"

메이의 넉살 좋은 태도에 치호 역시 피식 웃었다. 그러고 보면 자신도 처음 아톨란에서 '영광의 기록서'에 등재되었다는 사실을 숨기지 않았기에 여러 귀찮은 일을 겪지 않았나 싶은 생각이 들었다. 하지만 이미 지난 일이기에 다시금 생각하는 것은 무의미했다.

메이는 치호와 미소를 자신의 숙소로 안내했고 두 사람은 간만에 지붕 있는 집에서 편히 쉴 수 있었다. 아무래도 텔로 시에서 가보스까지는 짧은 여정이 아니었기에 오래간만에 찾아온 편안함에 몸을 맡기고 휴식을 취하기 시작했다.

＊　　　＊　　　＊

철컥, 철컥, 철컥.

은색으로 멋지게 빛나는 플레이트 갑옷으로 철저히 중무장한 사내가 집무실 문 앞까지 걸어와 자신의 매무새를 점검하기 시작했다.

그가 입은 갑옷은 전신을 거의 완벽하게 감싸주는 철갑 수준이었고 등에는 두께가 심상치 않아 보이는 방패가 달려 있었다. 하지만 갑옷이나 방패의 무게 따위는 전혀 상관없다는 듯한 당찬 발걸음이 인상적인 사내였다.

그런 사내의 얼굴에는 눈썹부터 턱까지 길게 그어진 상처가 돋보였는데, 그로 인해 거칠고 자유로운 분위기가 느껴졌다.

매무새를 점검하고 가볍게 숨을 내쉰 그는 조심스레 집무실 문을 두드려 인기척을 냈다. 그의 외견과는 전혀 어울리지 않는 절제된 모습이었다.

똑똑똑.

"무토입니다. 들어가 봐도 되겠습니까?"

기다리기를 잠시.

건너편 집무실에서 목소리가 들려왔다.

"들어오세요."

무토가 집무실 문을 열고·들어가자 넓은 테이블 위에 조용히 차를 마시는 여인이 눈에 들어왔다.

드리워진 햇살이 여인을 비추었고 우아하게 찻잔을 들어 맛을 음미하는 모습이 썩 잘 어울리는 것을 보면 집무실에서 차를 마시는 게 처음은 아닌 것처럼 자연스럽게 느껴졌다.

"무토, 제 휴식을 방해할 만큼 급한 일이었으면 좋겠군요."

"죄송합니다, 사안이 워낙 급한지라."

"좋습니다. 보고하세요."

강인해 보이는 첫인상과는 다르게 무토는 한없이 우아해 보이기만 하는 여인 앞에서 쩔쩔매고 있었다. 더욱이 얼굴에 난 상흔을 따라 땀방울이 주르륵 흐르는 모습을 보면 긴장한 기색이 역력했다.

"실은 며칠 전 중립 거점 텔로시가 습격당했다는 보고가 들어왔습니다."

"호오, 텔로시? 무슨 대회가 열린다는 곳이었던가요?"

"네, 맞습니다. 〈차림의 뿔피리〉를 이용한 기습 공격이었고, 행사 직전에 일어나 들뜬 분위기에 한 방 먹은 것 같습니다."

무토가 말하는 〈차림의 뿔피리〉라는 말에 여인은 급히 관심을 보이며 허리를 곧추세웠다. 그러고는 보고를 하는 무토에게 무심한 듯 물었다.

"주도 세력은?"

"콴의 세력입니다. 중립 거점 포차드의 타이라가 배신해 도움을 준 것으로 파악됩니다."

"피해는?"

"거점이 반파에 이르렀지만, 인명 피해는 생각보다 크지 않은 것 같습니다."

"거점은 반파될 정도로 피해를 입었는데 인명 피해는 크지 않다? 하, 재미있군요. 무슨 일이 있던 건지 알아봤겠죠?"

무토의 보고를 듣던 여인은 흥미롭다는 듯이 물었고 무토역시 그것을 물을 줄 알았다는 듯 줄기차게 대답하기 시작했다.

"물론입니다. 해당 거점에서 '영광의 기록서'에 등재된 황치호가 등장해 일을 진압했다고 합니다."

"황치호라면… 제가 말한 그 인물 맞나요?"

"예. 영입 대상 1순위로 선정하셨던 그 인물이 맞습니다."

무토의 말에 여인은 작은 미소를 띠우며 테이블 앞에 놓인 차를 들어 목을 축였다.

"무력을 보고 선택한 게 아니었는데… 개인 무력까지 뛰어나다? 더욱 호감이 가네요. 무슨 일이 있어도 영입해야 합니다. 아시겠습니까?"

"옛! 이미 각 거점에 사람을 보내두었으니 조만간 소식이 올 것입니다."

"좋아요, 좋아."

여인은 무토의 발 빠른 행동에 마음이 든다는 듯 미소를 지었고 잠시 고민하던 여인은 이내 무엇인가 결심한 듯 자리에서 일어났다.

그런 여인의 분위기는 조금 전까지의 훈훈한 분위기와는 다른 송곳 같은 목소리로 말했다.

"그나저나… 콴에게 우리가 우습게 보인 모양이군요. 중립 거점을 타격할 만큼 병력이 남아돌았던 모양이죠?"

"그, 그건……."

"아무래도 제가 너무 안일하게 생각한 모양이군요. 출정입니다, 준비하세요."

"옙! 알겠습니다."

"이번 기회에 콴에게 똑똑히 상기시켜 줘야겠군요. 내가 왜 강철의 지배자 얀센인지. 저를 무시한 대가가 얼마나 큰 건지 말이에요."

한없이 우아하게만 보였던 여인이 짐승의 왕 '콴'과 정면 대치 중인 강철의 지배자 '얀센'이었던 것이다.

얀센이 여인이라는 사실은 얀센의 세력 중에서도 수뇌부에 속한 자만 알고 있는 사실이었다.

그녀가 전투에 나설 때는 언제나 완벽한 철갑에 둘러싸여 얼굴조차 보인 적 없기에 아무도 얀센이 여인이라는 것을 알아차리지 못한 것이다.

더욱이 그녀가 전장에서 보이는 위용과 그 힘은 도무지 여인의 것이라고는 생각할 여지를 주지 않았기에 필드의 그 누구도 얀센이 여인이라는 것을 예상하지 못했다.

얀센은 텔로시의 대한 보고를 받았을 때 마치 자신이 무시당한 것 같다는 생각을 했고 더 이상 참을 수 없다는 듯 무토에게 출정 명령을 내렸다.

무토는 명령을 받자마자 두말하지 않고 집무실을 나섰다. 이번 출정이 치열할 것이란 것은 얀센의 눈빛만 봐도 알 수 있으니 준비를 단단히 하려는 것이다.

한동안 긴 여정의 피로를 푼 치호는 슬슬 움직일 준비를 했다. 대진도 곧 도착한다는 연락이 왔으니 식량이나 기타 생필품들을 준비할 겸 마을을 둘러보기로 했다.

"미소, 우리도 슬슬 준비해야겠어."

치호의 말에 미소는 기지개를 켜며 굳은 몸을 풀기 시작했다. 미소 역시 오랜만에 찾아온 평화로운 휴식이 적응되지 않는 건지 좀이 쑤신 것 같았다.

"이제 죽음의 길잡이 로펠로의 영역으로 가는 건가요?"

"음, 아무래도 그래야겠지. 지금 가진 단서가 얼마 없으니까."

"로펠로는 소문에 의하면 죽음을 숭배한다던데… 그래서 중립 거점 인물들도 그쪽과는 얽히지 않으려고 했거든요."

"가보면 어떤지 알겠지. 미리 걱정부터 해봐야 의미 없는 일이니까. 일단 보급부터 하자고."

치호가 자리에서 일어나 숙소 밖으로 나가려 할 때 거점을 돌며 정보를 모아온다던 메이가 무언가 골똘히 생각하는 표정으로 천천히 숙소로 돌아오고 있었다.

"메이, 어서 와. 무슨 일이라도 있어?"

"아, 미소 언니."

자신을 반기는 미소의 목소리에 생각이 흐트러진 것 같았지만 메이는 금세 웃으며 이야기하기 시작했다.

"실은 새로운 정보를 얻기는 했는데… 이게 좀 미묘해서요."

"로펠로에 관한 정보인가?"

"네, 근데 정보는 아니고 물품이에요."

"물품?"

치호의 물음에 메이는 인벤토리에서 작은 목각 패 하나를 꺼내 들었다. 목각 패는 손바닥만 한 크기였는데, 패의 겉은 검게 칠해져 있었고 음각으로 문양이 촘촘하게 새겨져 있었다.

"이게 로펠로에서 신도임을 증명하는 증표래요."

"신도의 증표?"

"네, 최근에 뿌려지기 시작한 건데, 이 패를 가지고 있으면 로펠로의 신도로 인정받는다나 어쩐다나?"

치호는 메이의 말에 미간이 저절로 찌푸려지다가 의문점이 들어 물었다.

"신도라니, 로펠로의 세력이 언제부터 종교 단체로 변한 거지?"

"얼마 전까지만 해도 종교에 가까운 단체 정도로 생각했는데 여신 교단과의 싸움에서 승리 후 체제를 변환하는 것 같아요."

"골치 아프군."

"그것도 문제지만 그들이 하는 이야기가 더 가관이에요. 에휴."

메이는 진심으로 골치가 아프다는 듯이 깊은 한숨을 내쉬었다. 그런 메이에게 미소가 천천히 다가와 궁금한 점을 묻기 시작했다. 그녀도 중립 거점에서 활동한 지 꽤 오래됐기 때문에 로펠로에 관해 궁금했던 것이다.

"로펠로의 세력에서 떠도는 이야기가 뭔데? 체제를 변환하면서 새롭게 떠드는 이야기니?"

"아, 그게 뭐라더라? 죽음을 두려워하는 테스터들에게 악몽이 찾아온다고 했던가… 아니다. 그… 그래, 어둠! 어둠이 도래할 시간이 되었으니 숨죽여 그분을 따르래요. 나 참. 빛이 온다고 해도 기분이 좋을까 말까인데 어둠이라니, 취향 한번 독특하죠?"

"어둠? 하여튼 죽음이니 뭐니 할 때부터 문제인 건 알았지만, 점점 더 위험한 쪽으로 빠지는 게 아닐까? 그쪽 세력은 대체 어떻게 생활을 하는 걸까? 그런 수장 밑에서 말이야."

메이와 미소는 한심하다는 듯이 한숨을 내쉬었지만, 치호는 그 말을 듣고 안색이 점점 굳어져 갔다.

분명 치호가 기억하고 있는 말이었기 때문이다.

'분명… 달무르의 석판에는 〈어둠〉을 경계하라고 했는데, 이들은 〈어둠〉을 숭배하고 따르라니? 어떻게 된 거지?'

치호는 메이의 말을 듣고 생각이 정리되지 않아 혼란스러웠다. 어렴풋이 로펠로라는 자가 달무르와 연관된 무엇인가가 있으리라 생각했지만 어째서인지 정반대의 행보를 걷고 있기 때문이었다.

일전에 〈라플렌의 꽃〉을 제거할 때 발견한 석판에서는 어둠을 경계하고 두려워하라고 언급했다. 그리고 어둠을 경계하지 않는 바르시를 탓하는 듯한 메시지가 담겨 있었다.

치호는 석판을 해석할 때 달무르가 언급하는 어둠이란 존재가 치호 자신이 아닐까 하는 생각을 했었다. 달무르에게는 자신이 〈어둠〉 같은 존재로 기억되었을 테니.

하지만 지금 로펠로의 행보는 오히려 〈어둠〉을 환영하는 듯한 뉘앙스를 가지고 있었기에 치호가 혼란스러워진 것이다.

'대체 어떻게 된 거지? 달무르와는 관계가 없던 건가?'

치호는 잠시 생각을 하더니 메이가 들고 있는 목각 패에 시선을 뒀다. 어디선가 많이 본 듯한 물건이었기 때문이다.

"메이. 그 목각 패, 잠시 볼 수 있나?"

"아, 그럼요. 여기요."

메이는 선뜻 목각 패를 넘겼고 치호는 그 목각 패에 새겨진 문양을 유심히 관찰하기 시작했다. 하지만 시간이 지날수록 치호의 얼굴은 심하게 일그러지기 시작했다.

'젠장. 이따위 물건이 어째서 여기에 있는 거지.'

치호는 목각 패의 문양을 보고 진심으로 화가 난 듯 속으로 거친 욕지기를 뱉었다. 간만에 진심으로 화가 났는지 치호의 정제되지 않은 살기가 자신도 모르게 주변으로 퍼져 나가기 시작했다.

"헉, 아… 아저씨!"

"치호 아저씨, 갑자기 왜 그러세요?"

치호가 살기를 풀어내기 얼마 지나지도 않아 곁에 있던 미소와 메이가 즉각 반응하기 시작했고, 치호에게서 뿜어져 나오는 살기만으로도 두 사람이 버티기 힘들었는지 식은땀을 흘리며 치호를 부른 것이다.

"엇, 아… 미안. 미안하다."

치호는 퍼뜩 정신이 들어 자신의 실책을 깨닫고 자신의 기세를 다시금 갈무리했고 두 사람은 이제야 살겠다는 듯 크게 숨을 들이마시기 시작했다.

"후우. 아저씨 대체 왜 그래요? 아는 물건이에요? 무슨 살기가 그렇게… 어휴."

"아니, 나도 처음 보는 물건이군. 그냥 예전에 비슷한 걸 봐서 문득 비슷한 게 아닐까 싶었다. 미안하다."

"에… 그게 뭔지 물어보면 실례겠죠? 헤헤."

"메이, 그만해. 치호 아저씨도 뭔가 사정이 있겠지."

"궁금한데… 히잉."

다소 난처해질 수 있는 상황에서 미소가 적당히 메이를 말렸기에 치호가 안도의 한숨을 내쉴 수 있었다. 과연 미소가 좀 더 성숙해서인지 메이를 잘 컨트롤해 주는 것 같았다.

하지만 안도의 한숨을 내쉰 것과는 별개로 치호의 머릿속에는 메이가 건넨 목각 패에 대한 생각으로 가득 차 있었다.

'제길, 이건 내가 만든 교단의 징표. 어째서 이 물건이 테스트 필드, 아니 로펠로가 사용하는 거지?'

치호가 목각 패를 보고 반응하는 이유는 그 목각 패가 과거 자신이 지구에서 만든 교단의 징표였기 때문이다. 더욱이 나무 재질이나 색, 그리고 새겨져 있는 문양까지 그대로 빼다 박았기에 더욱 놀란 것이다.

'이런 물건까지 본 이상 달무르와의 관계를 부정할 순 없겠군.'

달무르 역시 치호가 교단을 세운 시기와 비슷한 때에 거둔 주술사였다. 그렇기에 그 관계를 부정할 수 없을 것 같았다. 지우고 싶은 과거가 테스트 필드에서까지 치호의 발목을 잡는 것이다.

'대체 로펠로란 녀석은 뭐하는 놈이지?'

목각 패를 본 이후부터 찾아온 혼란은 점점 커지기만 했고 이런 사달을 만드는 로펠로란 녀석이 더욱 궁금해지기 시작했다.

처음부터 죽음의 길잡이라느니 종교니 하는 그 녀석이 마음에 든 것은 아니지만 이렇게 교단의 증표까지 사용하는 걸 보니 녀석을 꼭 만나보고 싶다는 생각이 들었다.

'만약 내 예상대로라면 넌 나한테 죽는다. 반드시.'

치호가 죽음의 길잡이 '로펠로'를 향해 과격한 다짐을 하는 이유는 죽음을 숭배하는 교단의 말로를 스스로가 너무 잘 알기 때문이다.

치호는 자신이 교단을 이끌 때의 기억이 떠오르기 시작했다.

교리라는 이름 아래 이루어진 수많은 악행, 그리고 악으로 점철된 수많은 살행. 그 모든 것을 인정받고 숭배를 받을 수 있는 게 바로 종교의 힘이다.

그리고 그 끝에는 끊임없는 전쟁과 무의미한 살육이 기다리고 있다. 그렇기에 자신을 만든 교단은 치호는 스스로 버렸다. 그랬던 교단의 망령이 다시 살아나 치호 앞을 가로막고 있는 것이다.

'일단 로펠로의 영역에서 교단의 교리와 분위기를 살펴야겠군. 제발 그것만큼은 아니길 빈다.'

치호는 로펠로의 영역에 가서 제일 먼저 교리와 분위기를 살필 생각이었다. 만약 자신이 만든 교리가 퍼져 나간다면 그 교리를 퍼뜨리고 있는 로펠로를 그대로 살려둘 수 없기 때문이었다.

혼란스러운 생각들을 정리하며 자신의 행보를 결정해 나가기 시작했을 때 치호의 미간이 다시 한 번 찌푸려졌다.

그러다가 숙소 안에서 창문의 커튼을 살짝 열어보고는 메이에게 물었다.

"그런데 메이, 사고 친 일 있어?"

"네? 갑자기 사고라뇨? 가보스에서 가명을 사용할 정도로 조용히 지내고 있는데 무슨 그런 섭섭한 말씀을."

"그래? 그런데… 우리 숙소 주위로 사람들이 몰려드는데?"

"그게 무슨."

치호의 말에 메이와 미소 둘 다 창문 곁으로 다가와 커튼을 살짝 열고는 숙소 밖 분위기를 살폈다.

과연 치호의 말대로 숙소를 에워싸며 수많은 테스터들이 포위망을 좁히고 있었다.

"에? 이게 대체… 로펠로의 정보를 알아왔기 때문인가? 아닌데… 그렇게 중요한 기밀인 것도 아니었을 텐데?"

"치호 아저씨, 혹시 저희가 텔로시에서 벌였던 일이 문제가 된 게 아닐까요? 여기가 중립 거점이기도 하고… 우리가 거점의 마스터들과 문제를 일으키긴 했으니까요."

"글쎄… 일단 어느 쪽이든 속단하기는 일러. 아직 녀석들에게서 살기는 느껴지지 않으니 좀 더 기다려 보지."

치호는 좀 더 기다려 보자고 말했지만 메이와 미소는 어느새 벗어 두었던 장비를 모두 착용하고 혹시 모를 전투에 대비하기 시작했다.

이곳은 방어 체계에 의해 보호를 받는 거점 안이기 때문에 살행이 일어나진 않을 것이다. 하지만 신체가 구속된다면 죽음보다 더욱 골치 아플 수 있기에 더욱 긴장하고 있는 것이다.

메이와 미소는 긴장했는지 무기에 손에 얹고는 숙소 밖 분위기에 신경을 곤두세웠지만, 치호만이 다소 여유로운 표정을 짓고 있을 뿐이었다. 녀석들이 어떤 식으로 나오든 거점에서 스킬을 사용할 수 있기에 어떤 식으로든 대처가 가능하기 때문이었다.

그때 무리 중에서 대표 격으로 보이는 녀석이 호위를 대동하고 성큼성큼 다가와 숙소의 문을 두드리기 시작했다.

쿵쿵쿵쿵.

문을 두드리는 소리에 메이는 잠시 어찌할 바를 모르다가 치호가 고개를 끄덕이자 침착하게 목소리를 높여 물었다.

"누구시죠?"

"할 이야기가 있어서 왔소. 문 좀 열어주시오."

"에? 제가 그쪽이 누군 줄 알고 문을 열어 달래요?"

메이는 상대의 정체를 물었지만 이어지는 녀석들의 대답에 인상을 찡그릴 수밖에 없었다.

"수상한 사람들은 아니니 걱정하지 마시오. 당신과 대화하고 싶어서 왔소. 레아, 아니 테스터 메이."

메이가 가명을 사용하여 자신의 정체를 감추려 했음에도 그런 노력을 비웃기라도 하듯이 손님들은 메이를 찾아왔다.

제9장
가보스 Ⅱ

메이는 자신을 찾아왔다는 소리를 듣고 난처한 듯했지만, 선택의 여지는 별로 없었다. 이미 포위된 상황에서 싸울 것이 아니면 문을 여는 수밖에 없기 때문이었다.

메이는 치호와 미소에게 눈짓을 한 후 천천히 문을 열었다. 문 앞에는 사내 하나가 뒷짐을 지며 서 있었고, 그 주위에는 호위로 보이는 인원 넷이 서 있었다.

"오, 감사합니다. 드디어 얼굴을 뵙게 되는군요."

"대체 당신은 누구죠? 누구길래 절 찾아오신 거죠?"

"하하하. 자세한 이야기는 들어가서 하고 싶은데 들어가도 되겠습니까? 메이 님에게도 나쁜 이야기는 아닐 테니 긴장하지 않으셔도 됩니다."

사내는 넉살 좋게 메이를 안심시키며 숙소 안으로 들어왔다. 하지만 숙소 안에 있는 치호와 대진을 보고 흠칫 놀라는 듯한 표정을 지었다.

"엇? 아, 선객이 있었군요. 제가 때를 잘못 맞춘 모양입니다."

"저랑 함께하는 동료들이에요. 그럼 말해 이제 얘기해 보시죠. 그쪽이 누구인지, 절 어떻게 찾았는지 말이에요."

메이는 사내에게 까칠하게 말했지만, 그럼에도 불구하고 사내는 표정 하나 변하지 않으며 천천히 자기소개를 하기 시작했다.

"예상치 못한 방문에 놀라신 건 이해합니다. 전 강철의 지배자 얀센 님의 휘하에 있는 자레스입니다. 제가 메이 님을 찾은 이유는 얀센 님의 명령이 있었기 때문입니다."

"네? 강철의 지배자 얀센이요?"

"그렇습니다. 그분께서는 메이 님에게 관심이 많으십니다. 메이 님이 '영광의 기록서'에 이름을 올리셨을 때부터 지켜보고 계셨지요. 그런데 이번에 네 번째 필드에서 목격되었다는 사실을 듣고 이렇게 한달음에 찾아오게 된 것입니다. 하하하."

아무래도 강철의 얀센이 메이를 자신의 휘하에 두려고 보낸, 일종의 스카우터인 것 같았다. 하지만 메이는 그런 자레스의 말을 단칼에 거절했다.

"에… 저한테 관심 보여준 것은 고마운데요. 전 이미 동료가 있는데요? 그리고 어딘가에 소속될 생각도 없어요. 죄송하지만 헛걸음하셨어요."

"동료분들은 걱정하실 필요 없습니다. 만약 메이 님만 함께하신다면 동료분들의 대우까지 저희가 확실하게 책임지겠습니다. 그러니 다시 한 번 생각을 재고해 보시는 건 어떻겠습니까?"

"죄송해요."

메이는 더 들어 볼 것도 없다는 투로 답했지만 자레스는 그럼에도 포기하지 않고 계속해서 설득하기 시작했다.

강철의 지배자 얀센의 휘하에 들어가게 되면 얻을 수 있는 것들과 메이에게 지급될 아이템, 그리고 안락한 생활과 각종 편의시설까지 여자들이 좋아할 만한 모든 것들을 동원해서 메이를 설득하기 시작한 것이다.

하지만 자레스의 그 어떤 말에도 메이는 요지부동이었고, 설득하기 지친 자레스는 타겟을 치호와 미소로 돌리기 시작했다. 일단 메이의 동료인 두 사람을 설득하는 게 빠르겠다고 파악한 것이다.

"후우, 그리고 보니 동료분들도 계신데 제가 너무 제 이야기만 했군요. 실례가 안 된다면 동료분들을 소개해 주실 수 있겠습니까? 메이 님과 함께하는 분들이 궁금해지는군요. 하하하."

자레스의 말에 메이가 흠칫 놀라며 치호의 눈치를 보았다. 메이 역시 치호와 미소가 중립 거점 텔로시에서 어떤 일을 겪고 왔는지 이야기를 들었기에 선뜻 소개하기가 꺼려진 것이다.

그러자 치호가 메이의 그런 기색을 눈치채고 한발 먼저 나서며 이야기를 시작했다.

"난 황치호다. 그보다 궁금한 게 있군."

"오! 드디어 궁금증이 생기는 겁니까? 하하하. 이제 좀 말이 통할 것 같군요. 제가 말씀드릴 수 있는 선에서는 최선을 다해 대답해 드리지요."

자레스는 치호가 궁금증을 비춘다는 것을 좋은 신호로 여겼는지 얼굴에 화색이 돌기 시작했다. 하지만 치호가 이름을 밝혔을 때 자레스를 제외한 테스터들은 치호에 대해 알아보려는 건지 부산스럽게 움직이기 시작했다.

치호도 이런 상황을 예상했으나 빠르든 늦든 자신의 정체가 밝혀질 것이란 걸 예측했기에 편하게 이름을 밝혔다. 가명을 쓰고 조용히 지내는 메이도 찾은 이들이기 때문에 여기서 정체를 감춘다는 것은 큰 의미가 없을 것 같았기 때문이었다.

그 때문에 치호는 오히려 편히 자신을 밝히고 궁금한 것을 물어보기 시작했다.

"얀센은 지금 콴과 대립 중인 걸로 알고 있는데, 직접 사람을 찾아 나설 정도로 상황이 힘든 것인가?"

치호의 물음에 자레스는 웃음을 터뜨리기 시작했다.

"하하하, 전혀 잘못 짚으셨습니다. 그런 이유로 여러분들을 모시려는 게 아닙니다."

"그렇다면?"

"얀센 님이 어째서 짐승의 왕 콴과 대립하는지 이유는 알고 계시지요?"

얀센은 콴의 비인간적인 행위 때문에 반기를 들고 일어났다는 식의 이야기를 들은 적 있기에 가만히 고개를 끄덕였다. 그러자 자레스가 미소를 띠우며 이야기를 하기 시작했다.

"여러분들은 잘 모를 수 있겠지만 현재 네 번째 필드는 굉장히 불안정한 상태입니다. 더 이상 이전처럼 중립이니 뭐니 할 수 있는 상황은 지났습니다. 그것은 이미 콴이 증명을 한 것이나 마찬가지지요."

자레스는 얼마 전 텔로시에서 일어났던 일을 이야기하는 듯했고 그 일의 중심으로 다른 세력들도 본격적으로 행동에 나선다는 이야기 같았다.

"그러니 앞으로는 모든 테스터들이 자신이 속할 세력을 정해야 할 것입니다. 오히려 저희는 그에 앞서 여러분들에게 좋은 제안을 하러 온 것일 뿐입니다. 하하하."

"흐음, 중립 거점이 흔들리겠군."

"필드에서 중립 거점이라는 것 자체가 말도 안 되는 것이었지요. 후우… 필드가 전장의 소용돌이로 들어가는 것은 아쉬운 일이지만 언젠가 한번은 겪어야 할 일. 어쩔 수 없는 일입니다."

치호와 자레드가 이야기를 나눌 때 밖에서 포위하고 있던 인원중 하나가 숙소로 황급히 들어오며 자레드에게 다가와 무언가 속삭이기 시작했다.

그 이야기를 듣는 자레드의 눈은 점점 커지기 시작하더니 놀란 표정을 짓기 시작했다. 하지만 치호 일행의 눈치를 보는 듯 다시 얼굴을 고치며 이야기하기 시작했다.

"이런, 제가 실수를 좀 한 모양이군요."

"실수?"

"치호 님을 못 알아보다니… 죄송합니다. 제가 메이 님을 찾으러 밖으로 돌아다니다 보니 정보가 느려 실례를 범한 것 같습니다. 그렇다면 저기 계신 분은 전장의 광녀… 아니, 테스터 미소 님이겠군요."

치호가 자신의 이름을 밝혔을 때 밖에서 부산스럽더니 얼마 지나지도 않아 치호의 대한 정보를 찾아 자레드에게 보고한 것 같았다. 더욱이 미소에 관한 것도 알고 있는 걸 보면 텔로시에 관한 이야기도 이미 알고 있는 것 같았다.

"메이 님에게 이런 동료가 있을 줄은 꿈에도 몰랐군요. 동료들 전부가 '영광의 기록서'에 등재된 인물이라니… 허어."

자레드는 감탄하듯이 말했고 얼마 지나지 않아 얼굴을 고치며 다시 제안을 하기 시작했다.

"이런 분들이라면 진심으로 놓치는 쪽이 멍청이겠군요. 저희 제안은 어떻습니까? 받아들이시겠습니까?"

"그런데 그 제안, 거부할 수도 있는 거였나?"

"하하하. 그게 무슨 말씀이십니까?"

"밖에 있는 인원들 말이야. 제안을 하러 온 것 치고는 많이 온 것 같아서 영 거부감이 드는군."

치호가 숙소 밖을 둘러싸고 있는 인원에 대해 이야기하자 일순 숙소 안의 분위기는 얼어붙는 것 같았다. 자레스는 나름대로 철저히 숨긴다고 숨긴 것이었지만 치호에게 〈광인의 영역 선포〉라는 기척 감지 스킬이 있다는 걸 알지 못한 것이 패착이었다.

"이런… 어떻게 아셨습니까? 나름 철저하게 준비해 왔는데 말이지요?

자레스는 숙소를 포위한 인원들을 들켰음에도 불구하고 표정하나 변하지 않고 뻔뻔하게 치호에게 물었다.

"너희가 말한 대로 '영광의 기록서'에 괜히 이름이 올라갔다고 생각하는 건 아니겠지?"

"하하하. 과연… 제가 너무 과소평가한 것 같군요. 죄송합니다. 그리고 밖에 있는 인원들은 신경 쓰지 마십시오. 제가 드린 제안만 수락한다면 별일 없을 것이니까요."

"제안을 수락하지 않으면?"

치호의 물음에 자레드는 고개를 절레절레 흔들며 대답했다.

"여러분들은 모두 '영광의 기록서'에 등재된 인물, 제가 말씀드렸듯 앞으로 필드는 혼란스러워질 것입니다. 그런 상황에 다른 세력에게 힘을 실어줄 수 있는 인물을 그냥 둘 수는 없는 것 아니겠습니까?"

"호오, 그럼 힘으로라도 어떻게 하겠다는 건가?"

"부디 그런 상황을 만들지 않게 부탁드립니다. 솔직히 제가 드린 제안은 정말 여러분들에게 좋은 제안인데… 도무지 이해를 할 수 없군요."

비록 주변을 테스터들이 둘러싸고 있다고는 해도 자레드가 말했던 제안은 진심이었는지 그런 제안을 놓고 승강이를 벌이는 치호 일행이 이해되지 않는 것 같았다.

"목표하는 게 다를 뿐이지."

"…그 말씀은?"

"그래, 얀센의 제안은 받아들일 수가 없군. 우리도 목표하는 바가 있어서 세력 싸움이나 하고 있을 시간이 없거든. 아쉽게 됐어."

치호의 말이 끝나자 자레드는 긴 한숨을 토해내었다. 자레드의 생각으로서는 도저히 치호 일행이 이해되지 않는 것이다. 강철의 얀센 같은 거대 세력이 직접 모시러 왔을뿐더러 조건도 좋은 제안인데 굳이 거절하는 이유를 찾기 힘들기 때문이었다.

아무리 '영광의 기록서'에 등재된 인물이라 할지라도 이곳은 거점 안이기 때문에 스킬도 사용할 수 없다. 그런데도 저렇게 배짱을 부리는 게 납득이 되지 않는 것이다.

"도무지 이해할 수가 없군요."

"그러니까 '영광의 기록서'에 등재된 것 아니겠어?"

"하하하, 그런… 가요?"

그 말을 끝으로 두 사람 사이에는 묘한 적막감이 감돌았다. 그러기를 잠시 자레드는 자리를 털고 일어나 돌아서며 말했다.

"앞으로 일어날 일은 여러분들이 선택한 일입니다. 제 원망은 하지 마십시오."

자레드의 말에 치호는 말 대신 어깨를 으쓱해 보이는 걸로 대답을 대신했다. 그런 치호의 대답에 자레드는 고개를 흔들며 숙소 밖으로 빠르게 빠져나갔다.

"아저씨, 그냥 제안을 수락하는 척하면서 나중을 도모하는 게 낫지 않았을까요?"

"치호 아저씨! 뿔피리! 뿔피리를 사용해요!"

아직 치호가 거점 안에서 스킬을 사용할 수 있는 걸을 모르는 두 사람으로서는 이 상황이 절체절명의 위기 상황으로 느껴지기 충분했다.

하지만 그런 두 사람에게 치호는 차분하게 말했다.

"아마 제안을 수락했으면 '죽음의 서약'을 쓰자고 했을걸? 게다가 뿔피리는 안 돼. 피해가 너무 커질지도 몰라."

"하… 하지만."

"우리 셋이 저 많은 인원을 뿌리치고 빠져나갈 수 있을까요?"

치호의 말에 두 사람은 불안한 기색을 숨기지 못했다. 최후의 카드로 〈차림의 뿔피리〉를 사용할 줄 알았는데 그것도 아니었기 때문이다.

치호는 그런 두 사람에게 피식 웃으며 말했다.

"그래도 우리 셋만은 아니니까 걱정하진 않아도 될 거다."

"네? 셋이 아니라뇨?"

"그때 그 악몽들 말씀하시는 거예요? 그건 스킬이라고 하지 않으셨어요? 여긴 거점이라구요."

대뜸 셋이 아니라는 소리에 메이와 미소는 의문을 표했지만, 치호는 얼굴에 미소를 지우지 않으며 이야기했다.

"그 녀석이 올 때가 됐거… 아, 도착한 것 같군."

"그 녀석?"

"누구?"

치호의 말에 의문을 표하려는 찰나, 밖에서 반가운 목소리가 쩌렁쩌렁 울리기 시작했다.

"누가 내 동료들을 괴롭히는 거야! 어? 네놈들이냐! 어?"

반가운 목소리의 주인공, 대진이 시기적절하게 도착한 것 같았다.

대진은 모습을 드러내자마자 허리춤의 채찍을 풀어내며 살기를 드러내기 시작했다. 어떻게 찾아왔는지 일행이 있는 숙소를 찾아온 대진은 그 주위를 둘러싸고 있는 녀석들에게서 느껴지는 분위기를 읽고 바로 대응에 나선 것이다.

"동료가… 또 있던가요?"

숙소를 나선 자레스는 밖에서 대진과 마주치고는 살짝 얼굴을 찡그리기 시작했다. 숙소 안에 있는 세 명만 하더라도 승리를 쉽게 자신할 수 없는 전력인데, 또 다른 인물이 나타났기에 자신도 모르게 얼굴이 찡그려진 것이다.

"대진 아저씨!"

메이가 서둘러 숙소 밖으로 나오며 대진을 불렀고 그 뒤로 치호와 미소가 따라나섰다. 셋은 모두 장비를 착용하고 만반의 준비를 갖추어 숙소를 나선 듯한 모습이었다.

메이가 대진을 부름과 동시에 자레스의 얼굴은 찡그려지다 못해 아주 구겨지기 시작했다.

"대진이라면… 최근 기록서에 등재된? 후우. '영광의 기록서'에 이름을 올리는 일이 보통 일이 아닐진대 그런 인물이 어찌 넷이나 모여 있단 말인가."

자레스는 지금 상황이 납득이 되지 않았다. 필드에서 '영광의 기록서'에 등재된 인물이 끼치는 파급력을 생각해 보면 기록서에 이름을 올린 이들이 네 명씩이나 모여 있다는 게 이해가 되질 않는 것이다.

대진의 등장에 잠시 고민을 하던 자레스는 밖으로 나온 치호 일행을 향해 외쳤다.

"마지막 기회를 드리겠습니다. 제 제안, 아직 유효합니다."

하지만 치호는 어깨를 으쓱하고는 귀찮다는 듯이 말했다.

"이미 끝난 이야기일 텐데?"

"꽉 막힌 사람이군요. 지금 결정, 분명 후회하실 겁니다."

"그건 두고 봐야지."

그리고 두 사람의 대화가 끝난 동시에 사방에서 테스터들이 달려들기 시작했고, 그와 동시에 들리는 대진의 목소리.

"치호! 어떻게 할 거야?"

"다시는 이런 어설픈 수작을 쓰지 못하도록 박살 내야지."

"크하하! 좋아! 한바탕 놀아보자고!"

대진은 지금 막 치호와 일행과 다시 합류했지만 상황이 어떻게 된 건지 물어보지도 않았다. 그저 치호 일행을 믿기에 일행이 공격을 당할 위기라면 앞뒤 재지 않고 나서는 것이다.

촤라락! 짜악!

크아악!

대진의 채찍이 대기를 찢으며 몰려드는 테스터들을 향해 미친 듯이 춤을 추기 시작했고, 그 소리는 마치 시작을 알리는 종소리라도 되는 것처럼 메이와 미소도 얀센의 테스터들에게 달려들기 시작했다.

'대진의 채찍 다루는 솜씨가 정말 많이 늘었군. 그사이에 어떤 일이 있었던 거지? 과연 대진이 자신할 만하군.'

네 번째 필드로 넘어와 대진을 못 본 사이에 그의 채찍 다루는 솜씨는 치호도 인정해야 할 만큼 일취월장해 있었다. 과거에는 채찍이 빠르지만 단조로운 공격이었다면 지금은 그 움직임을 예측할 수 없을 정도로 불규칙하고 정확하게 상대를 타격하고 있었기 때문이다.

'미소는… 다행이군. 안정적으로 전투를 치르고 있어.'

치호는 대진을 지켜보다가 미소에게 시선이 갔다. 전투를 치르고 있는 그녀를 보니 처음 만났을 때처럼 미친 듯 날뛰지 않고 정확하게 치고 빠지는 기술을 구사하고 있었기 때문이었다.

'메이는 말할 것도 없이 잘해주고 있고… 그래도 숫자 때문인지 조금 버겁기는 하군.'

치호를 제외한 세 사람 모두 기대 이상으로 잘 싸워주고 있었다. 만약 세 사람으로 힘들다면 〈투사의 발걸음〉을 사용하는 한이 있더라도 대처를 하려고 했지만 그럴 필요는 없을 것 같았다.

'그러고 보니 스킬을 사용하는 데 주저할 필요도 없겠군.'

가만 생각해 보니 스킬을 사용하길 꺼릴 필요가 없을 것 같았다. 치호가 지금껏 거점에서 스킬 사용을 꺼린 이유는 가능하면 적을 만들고 싶지 않아서였다. 일전에 클레이가 거점에서 스킬을 사용해 해당 거점을 초토화시켰고 그 때문에 교단이라는 적을 만들어냈다.

하지만 지금은 상황이 다르다.

이미 중립 거점은 자신과 같은 배를 탈 수 없는 상황, 게다가 치호에게 맞서고 있는 이들 역시 얀센의 세력으로 네 번째 필드에서의 중심 세력 중 하나다.

하물며 지금 전투가 벌어지고 있는 장소 또한 중립 거점 내부. 그렇다면 적을 만들까 무서워 스킬을 사용하지 못할 이유가 없는 것이다.

그들 모두가 이미 적이나 마찬가지이기 때문이다.

어떤 스킬을 사용할지 잠시 고민하던 치호는 이내 결정한 듯 나지막하게 스킬을 외쳤다.

"율리아의 전투 함성."

치호의 말이 끝나자 스킬이 즉시 발동되기 시작한 듯 치호를 중심으로 눈부신 빛이 흩뿌려지기 시작했다. 이내 그 빛은 세 사람을 감싸 안았고 그 빛은 각자에게 흡수되는 듯하더니 메시지가 떠오르기 시작했다.

[아군의 사기가 고양되고 공격력과 방어력이 100% 상향 조정되었습니다.]

"어, 이게 뭐야?"

"치호, 아저씨! 아저씨도 메시지가 떴어요?"

"메이! 나도 이상한 메시지가 떠올랐어!"

세 사람은 갑작스레 떠오른 메시지에 놀란 듯했으나 이내 치호가 진정시키듯 그들에게 말했다.

"내 스킬이다. 집중해! 나도 이제 합류한다!"

"옛? 스킬?"

"자세한 이야기는 전투가 끝난 다음에 하자고. 집중해!"

갑작스레 떠오른 메시지에 세 사람 모두 당황한 듯했으나 그 효과를 체험하고는 이내 신난 듯 미소를 짓기 시작했다.

"와! 이거 힘이 넘치는데?"

"대진, 아저씨! 빨리 끝내자구요!"

"좋아, 이런 힘이라면 못 할 것도 없지!"

스킬의 효과는 세 사람의 사기를 고양시키기에 충분했고, 더욱이 치호까지 전투에 합류하자 분위기는 급격하게 한쪽으로 기울기 시작했다.

빠악!

"커… 커헉!"

우드득.

"으악! 내 다리!"

"뭐가 이렇게 빨라! 보이지가 않아! 스킬… 제길, 여긴 거점이잖아. 왜 이렇게 강한 거야!"

"커억… 우욱."

털썩.

치호 일행을 습격한 얀센의 세력은 점점 숫자가 눈에 띄게 줄어갔고, 차가운 대지 위에 몸을 눕히는 인원이 점점 늘어났다.

"제레드 님, 피하셔야 합니다!"

"이게… 말이 된다고 생각하느냐."

"지금 그게 중요한 게 아닙니다. 어서 빠져나가야 합니다."

"기록서에 등재된 인물이 넷… 그들을 너무 얕본 것인가? 하지만 거점 안에서도 저런 무력이라니… 이건 말이 안 돼… 이럴 리가 없어."

치호가 남몰래 스킬을 사용했다는 걸 모르는 자레드는 지금 이 상황이 이해가 되지 않는 것이다. 자레드의 호위는 자레드를 안전한 곳으로 이동시키려 했지만, 넋이 빠진 자레드는 호위의 물음에 답하기는커녕 자신의 위치도 망각한 채 네 사람의 무력에 감탄하는데 여념이 없었다.

"헉! 아… 안 돼!"

"그러게 숫자만 믿고 설치면 안 되지. 여기가 필드라는 걸 잊은 거야?"

우두둑.

"으악! 크아악!"

"시끄러워!"

콰직.

"다음!"

치호를 비롯한 세 사람은 얀센의 테스터들을 낙엽 쓸 듯이 빠르게 처리해 나가기 시작했다.

그 기세를 보아 시간이 문제일 뿐, 아무런 위협도 되지 않는 것 같았다. 스킬을 사용하지 못하는 건 치호 일행뿐 아니라 얀센의 테스터 역시 마찬가지였기에 희망은 없어 보였다.

"겨우 넷… 겨우 넷이란 말이다! 내가 데려온 인물의 숫자가 얼마인데 겨우 네 명을 제압하지 못한단 말이냐! 네놈, 멍청히 여기 뭣하고 서 있어! 어서 녀석들을 제압해! 아니, 죽여 버려! 죽여 버리란 말이야!"

자레드는 부하들의 비명이 점점 가까워지기 시작하자 다가오는 공포에 정신을 놓았는지 길길이 날뛰기 시작했다. 지금과 같은 말도 안 되는 상황은 자레드의 예상에 전혀 없었던 일이었기에 패닉에 빠진 것이다.

꾸드득.

"언니! 뒤!"

"살… 살려줘."

뿌득.

"끄아악!"

"메이, 고마워!"

메이와 미소는 서로가 뒤를 봐주며 손발을 맞추기 시작했고 시간이 지날수록 서로의 기술과 성향을 파악했는지 임기응변으로 합격기까지 써가며 상대를 제압하기 시작했다.

그런 모습을 바라보는 자레드의 호위는 입술을 깨물며 자레드에게 말했다.

"자레드 님, 죄송합니다."

"네놈은 어서 가서 녀석들을······."

길길이 날뛰던 자레드는 더 이상 말을 잇지 못했다. 호위가 자레드의 목을 손날로 쳐서 기절시킨 것이다.

실 끊어진 연처럼 풀썩 쓰러지는 자레드를 부축한 호위는 테스터들에게 외쳤다.

"모두 후퇴다!"

그 말을 시작으로 치호 일행을 습격한 테스터들이 썰물 빠지듯 빠지기 시작했다. 모두가 퇴각 명령만을 기다렸다는 듯, 한 치의 망설임도 없이 빠져나가기 시작한 것이다.

"으··· 살려줘. 나도 데려가!"

"아악! 내 다리! 다리가!"

"컥컥··· 컥."

얀센의 테스터들이 빠져나간 자리에는 치호 일행에게 공격당해 쓰러진 인원들만 애처롭게 신음을 내고 있을 뿐이었다.

기절한 인원들은 차라리 다행이었다.

거점 안에서의 전투이기 때문에 일부러 손을 과하게 쓴 것이다. 죽일 수 없는 그들이 다시 회복해서 달려들면 그건 그것대로 문제이기 때문에 포션을 사용해도 빠르게 회복되지 못하도록 뼈를 바스러뜨리고 얼굴을 완전히 뭉개놓는 등 과격하게 상대한 것이다. 그렇기 때문에 그 고통에 찬 테스터들의 신음이 끊이지 않고 들리는 것이다.

"후우… 끝났군."

"언니! 수고하셨어요. 실력이 대단하신데요?"

"메이, 고마워. 덕분에 편히 싸울 수 있었어."

치호가 긴 숨을 토해낼 때 대진이 미소에게 다가가 자기소개를 시작했다.

"안녕하십니까. 제가 바로 대진입니다. 하하하. 만나서 반갑습니다. 정말 아름다우시군요. 목소리를 들었을 때부터 이미 예상하고 있었지만 상상 이상이십니다. 하하하."

"아, 네. 반가워요. 미소예요."

대진은 거친 숨을 내쉬면서도 미소에게 호탕한 척을 하기 시작했다. 하지만 그런 모습을 보고 메이가 나서서 대진을 타박하기 시작했다.

"아저씨! 오랜만에 본 나는 보이지도 않아요? 그리고 '제가 바로 대진입니다. 하하하'라니. 으… 원래대로 해요. 원래대로."

"하하하. 메이야, 장난이 짓궂구나. 이 오빠는 원래 이렇지 않니? 원, 녀석도 참. 하하하."

"아저씨, 원래대로 하지 않으면… 때릴 거예요?"

메이의 말에 대진의 눈동자는 불안한 듯 심각하게 흔들리기 시작했고, 이내 결정을 내렸는지 메이에게 말했다.

"이 망할 계집애, 하여튼 도움이 안 돼요. 도움이."

"이제야 아저씨 같네요. 헤헤."

미소는 그런 두 사람의 모습에 작게 웃음을 지었고 치호 역시 웃음을 감추지 않았다. 전투가 막 끝났기에 다소 무거울 수 있던 분위기를 두 사람이 환기시켜 준 것이다.

치호는 얼굴에 미소를 띠면서도 주변의 경계를 게을리하지 않았고 〈광인의 영역 선포〉에 감지되는 인원들이 다시금 몰려오기 시작했다.

"가보스의 경비들이 몰려오는 것 같군. 어서 여기를 빠져나가는 게 좋겠어. 여기 있어 봐야 귀찮은 일만 잔뜩 생길 것 같군."

치호의 말에 세 사람 모두 동의했는지 빠르게 가보스를 빠져나가기 시작했다. 그 뒤로는 쓰러져 있는 수많은 테스터들이 신음을 흘리고 있었지만 그런 그들을 도와줄 얀센의 테스터는 하나도 보이지 않았다.

제10장

선교단 I

"그런데 대진 아저씨는 대체 무슨 일이 있었길래 그렇게 실력이 는 거예요?"

메이가 로펠로의 영역으로 향하며 대진에게 물었다. 메이의 물음에 치호와 미소도 대진을 바라보기 시작했다.

가보스를 떠난 후 로펠로의 영역으로 이동하는 동안 대진은 미소와도 말을 편하게 할 수 있을 정도의 친분을 쌓았기에 편하게 말을 하기 시작했다.

"실은 네 번째 필드에서 떨어지자마자 거점을 찾기 위해 돌아다녔지. 그런데 미친 괴물들이 쉴 새 없이 달려드는 거 아니겠어?"

대진은 자신이 겪었던 일을 말하기 시작했다.

처음 네 번째 필드에 시작해서 거점을 찾기 위해 동분서주
했지만 테스터들의 흔적을 발견하지 못하고 괴물들만 상대했
다고 했다. 하지만 시간이 지날수록 식량도 떨어지고 괴물들
은 지칠 줄 모르고 달려들기 시작했고 점점 초조함을 느낄
때 그곳을 발견했다고 했다.

"그곳에 숨겨진 묘지가 하나 있더라고."

"묘지요?"

"그래, 묘지. 그런데 그 묘지 알고 보니 내 기술, 아니 스킬
을 등록한 '큐오'의 무덤이더라고."

"에?"

대진은 스킬을 두 개 가지고 있었는데, 하나는 〈큐오의 호
기심〉이란 스킬로 호기심을 채우면 경험치가 빨리 올라 더욱
강해지는 효과가 있었고 또 하나는 채찍 기술의 근간이 되는
〈볼프의 채찍〉이라는 스킬을 가지고 있었다.

그런데 그 중 〈큐오의 호기심〉 스킬의 주인공인 '큐오'의 무
덤을 발견한 것이다.

"뭐… 안타까운 이야기지만 호기심을 채우다가 결국 알아
서는 안 되는 것을 알아버렸다는 거야. 그래서 결국 스스로
자신을 숨기고 그곳에서 홀로 죽어간 거지."

"그런데 거기하고 아저씨가 강해진 것하고 무슨 상관이에 요?"

메이의 물음에 대진은 피식 웃으면서 자신이 강해진 경위에 대해서 설명하기 시작했다.

"문제는 그 큐오의 무덤에서 퀘스트가 떴다는 거지. 아마도 내가 그 큐오의 기술을 가지고 있었기 때문이 아닌가 싶어."

대진은 큐오의 무덤을 발견했을 때 큐오와 관련된 퀘스트 가 떠올랐고, 그것을 수행하자 그 보상으로 큐오가 가진 지식 일부를 얻을 수 있었다고 한다.

그 지식 중에는 〈볼프의 채찍〉에 관한 이야기도 있어 〈큐오 의 호기심〉 스킬을 완성함과 동시에 〈볼프의 채찍〉에 관한 숨 겨진 오의를 알아낼 수 있었다고 한다.

"문제는 볼프란 사람이 알고 보니 그 어떤 기록에서도 찾을 수 없었던 거야. 사실 큐오만이 진실한 볼프의 기술을 알고 있었지. 하지만 그 위력이나 기술에 관해 기록을 남겼어야 할 큐오가 은둔해 버리니 볼프는 자연히 잊힌 전설이 되어 버린 거지."

대진의 이야기를 듣고 나니 '영광의 기록서'에서 언급한 잊 힌 전설에 대한 것을 대충 어림짐작할 수 있었다.

그 이야기를 가만히 듣던 치호가 대진에게 물었다.

"그런데 〈악마의 꼬리〉란 기술은 새로운 것 같던데, 그것도 보상으로 얻은 건가?"

"그건 보상은 아니고 뭐랄까… 〈볼프의 채찍〉의 변형이라고
할까? 으흐흐, 기대하라고. 위력이 대단하니까."

"기대하지."

대진은 새롭게 얻은 기술에 대해 말을 아꼈다. 나중에 깜짝
놀라게 해준다는 대진의 얼굴에서 결연함이 느껴질 정도였기에
치호 역시 더는 묻지 않고 그저 옅은 미소를 지을 뿐이었다.

하지만 메이는 그런 대진에게 책망하기 시작했다.

"아저씨, 근데 그렇게 상황이 좋지 않았으면 말을 했어야죠!
그걸 혼자서 해결하겠다고 그러면 어떡해요? 막말로 그 무덤
발견하지 못했으면 어쩔 뻔했어요? 예?"

메이의 말처럼 일이 잘 풀렸기에 망정이지, 식량도 떨어지고
계속된 괴물들과의 전투가 이어졌으면 대진 역시 목숨을 장담
할 수 없는 상황에 처했을지도 모른다. 그럼에도 대진이 '영혼의
메아리'를 통해 도움을 청하지 않은 걸 메이가 짚어낸 것이다.

그런 메이의 말에 대진이 쓰게 웃으며 메이에게 말했다.

"뭐… 나름 나도 다짐한 게 있었으니까."

"다짐? 뭔 다짐이요?"

"세 번째 필드에서 너나 치호를 보고 있자면 내가 너무 짐
이 되는 것 같아서 말이야. 네 번째 필드에서는 최소한 거점
까지는 내가 찾아가고 싶었지. 그것도 못하면 앞으로 함께할

수 없다고 생각을 하고 있었거든."

"으이구! 진짜 아저씨!"

"크흐흐. 아무튼 쑥스러우니까 묻지 마. 일이 잘 풀렸으면 된 거 아니야? 이 망할 계집애가 쓸데없는 걸 물어보고 있어. 흠흠."

대진은 황급히 대화를 마무리 지었고, 치호는 그런 대진의 생각을 어느 정도 이해할 수는 있었다. 대진 스스로도 치호와 함께 길을 걷는 일이 쉽지 않으리란 걸 알고 스스로의 마지노선을 정해둔 것이다. 이것조차 이겨내지 못하면 함께할 자격이 없다는 듯이.

그랬기에 대진은 '영혼의 메아리'를 통해서 이야기할 때도 힘들다는 기색 한번 없이 티를 내지 않았던 것이다.

필드에서는 결국 스스로 이겨내야 할 때가 있으니까.

대진은 남에게 기대는 것을 택하기보다 스스로 강해지는 것을 선택했고 멋지게 돌아온 것이다. 치호는 그런 대진을 보며 대견하다는 듯 바라보았다.

하지만 그것도 잠시.

치호는 일순 발걸음을 멈추고 입술에 검지를 올렸다. 그런 치호의 행동에 대진을 비롯한 나머지 일행들도 긴장하기 시작했다.

"뭔가 기척이 잡힌다."

"확실히 로펠로의 영역에 들어오니 슬슬 테스터들이 보이는 건가? 드디어 녀석들을 보겠어."

대진은 치호가 로펠로의 테스터로 추정되는 이들의 기척이 잡힌다고 하자 의욕을 불태우기 시작했다.

가보스에서 이곳까지 오며 로펠로의 이야기를 듣고서는 대체 어떤 정신 나간 녀석이 죽음을 숭배하는 녀석의 감언이설에 속아 넘어간 것인지 낯짝을 보고 싶다며 계속해서 궁금해했었기 때문이었다.

그런 로펠로의 인물들을 처음 만난다고 생각하니 대진은 약간 흥분한 것 같았다.

"진정해. 무조건 적대할 필요는 없다. 어차피 그쪽 거점에도 들어가 봐야 하니 상황을 보자고."

치호의 말에 세 사람은 조용히 고개를 끄덕였다. 그러고는 시간이 얼마 지나지 않아 치호가 〈광인의 영역 선포〉로 감지된 인물 몇몇이 네 사람 앞에 나서기 시작했다.

"어이쿠, 이런… 또 다른 인연을 만났군요."

나타난 사내는 나타나자마자 이상한 소리를 지껄이기 시작했지만 치호는 경계를 늦추지 않았다. 그런 치호의 모습을 보더니 사내는 웃으며 이야기를 이었다.

"하하하. 그렇게 경계하실 것 없습니다. 공격할 의사가 전혀 없으니 긴장을 푸셔도 좋습니다."

"우리가 그 말을 믿어야 하는 이유는?"

"공격할 거라면 이렇게 이야기도 하지 않았을 테니 걱정하지 마십시오. 그리고 이렇게 길에서 만나는 테스터들이 당신들뿐만이 아니니 우리에게는 그리 놀랄 일도 아닙니다."

사내는 능숙하게 치호와 일행을 안심시키기 시작했다. 물론 그런 말에 방심하거나 할 치호는 아니지만 그저 적당히 녀석이 하는 말에 맞추어주기로 했다.

어차피 나타난 사내에게서 살기가 느껴지지 않는 것으로 보아 지금 하는 소리가 완전히 허튼소리는 아닌 것 같았기 때문이다.

"이 근처에서 다른 테스터를 많이 만나본 듯한 말투군."

"물론입니다. 특히나 우리들의 길잡이 로펠로 님께서 증표를 필드에 뿌리자 더 많은 이들이 저희들의 거점을 찾고 있지요."

"많은 이들?"

"예, 맞습니다. 그들도 깨달은 것이지요. 이곳 테스트 필드에서 우리들을 기만하지 않는 진실은 오로지 죽음뿐이란 것을."

그 말을 듣고 있던 대진과 메이는 즉각 반발하려고 했지만 치호가 눈치를 주었고, 그와 동시에 미소를 바라보았다. 그녀의 반응이 걱정되었기 때문이었다.

미소는 그들의 생각이 완전히 틀린 생각은 아니라는 듯 고개를 살짝 끄덕이긴 했지만, 그렇다고 그들의 생각에 완전히 동의하는 눈치는 아닌 것 같았다. 그저 그런 생각을 하는 사람도 있구나하는 수준의 반응을 보인 것 같아 조금은 치호의 마음이 놓였다.

만약 치호가 미소를 더 일찍 만나지 않았더라면 삶에 지쳐 있던 미소는 스스로 로펠로에게 찾아갔을지 모를 일이었지만 치호가 한발 빨랐다. 지금은 많이 안정되어 있어 녀석들이 하는 소리에 쉽게 휘둘리지는 않을 것 같았다.

치호는 남모르게 안도의 한숨을 내쉬고 다시금 일행 앞에 나선 이들과 대화를 하기 시작했다.

"그렇군. 그런데 그 징표라는 것이 이걸 말하는 것인가?"

치호는 동시에 지난번에 메이가 가져왔던 목각 패를 꺼내었고 동시에 녀석들의 얼굴이 환하게 밝아지기 시작했다.

"역시, 제 예상이 맞았군요. 여러분들도 저희들과 함께하기 위해 찾아오신 게 틀림없군요. 하하하. 반갑습니다. 저는 거점 베로나의 선교단장 페오입니다."

"반갑군. 내 이름은……."

치호는 이름을 어떻게 말해야 할지 고민이 되기 시작했다. 본명을 말하자니 '영광의 기록서'에 이름이 이미 다 알려져서 특별 취급 받을까 걱정이 된 것이다.

얼마 전에 메이도 그런 것을 염려해 가명까지 썼으니 치호도 경각심이 든 것이다. 그런 고민하는 기색을 메이가 눈치챘는지 재빨리 나서며 말했다.

"이분은 알란, 알란이에요! 전 레아구요. 에헤헤."

"오! 아름다운 숙녀분도 함께라니 더욱 반갑군요. 하하하."

"아름답긴요. 에헤헤."

갑작스레 나서는 메이는 치호의 이름을 알란이라고 말하며 일부러 과장된 웃음으로 분위기를 띄우는 것 같았다. 그녀 특유의 친화력을 발휘해 상대에게 경계심을 누그러뜨리려는 속셈인 것 같았다. 앞으로 거점에서 알아볼 것도 많으니 좋은 관계를 유지하려고 작업을 시작한 것이다.

이후에도 메이와 페오는 한참을 이야기를 나누는데, 웃음꽃이 끊이질 않았다. 아무래도 이야기가 잘 진행된 듯 페오가 나서며 일행에게 말했다.

"레아 님에게 대충 이야기는 전해 들었습니다. 여러분들도 고생이 심하셨군요. 역시 중립이니 뭐니 하는 녀석들을 믿으면 안 됩니다. 게다가 그 난리가 난 텔로시에서 이곳으로 바로 오셨다니… 목숨을 부지하신 게 기적입니다."

메이는 페오와 이야기하면서 적당히 의심을 사지 않을 정도로 유리한 부분만 편집해서 이야기를 전달한 것 같았다. 페오의 표정을 보면 치호 일행을 동정하는 듯한 기색이 짙었기 때문이었다.

"저희를 마지막 희망이라고 생각하시고 찾아오셨다니… 잘 찾아오셨습니다. 이제는 안심하셔도 됩니다. 저를 따라오십시오. 거점으로 모시겠습니다."

대체 메이가 어떻게 페오를 구워삶았는지는 몰라도 페오는 메이와의 대화 이후 선뜻 일행을 거점으로 안내한다고 했다. 의심이 없는 것인지 아니면 그만큼 자신감이 있는지 몰라도 페오가 앞장서기 시작한 것이다.

페오 일행을 따라가며 다시금 합류한 메이에게 치호가 조용히 물었다. 자신의 이름을 알란이라고 말한 이유가 궁금했기 때문이었다.

"알란이라니? 왜 하필 알란이야?"

"로펠로하고 일이 틀어질 수도 있으니까요. 가능하면 그런 일 없이 조용히 끝났으면 좋겠지만… 만약 그런 일이 생긴다면 우리 대신 알란을 찾지 않겠어요?"

"그러니까… 시간 벌이용이다 이건가?"

"아무래도 그냥 가명보다는 실존 인물의 이름을 쓰는 게 좋으니까요. 로펠로 세력에서 알란을 죽여주면 더 좋구요. 헤헤. 어때요. 저 잘했죠?"

칭찬해 달라는 듯 깜찍한 표정을 짓는 메이를 보니 치호는 피식 웃음이 나왔다.

텔로시에서 치호와 겨루었던 알란의 실력을 생각해 보면 겨우 로펠로의 테스터 몇 명이 그를 죽인다는 건 생각할 수 없지만 메이의 말대로 시간 벌이는 제대로 될 것 같았기 때문이었다.

치호는 메이와 대화를 끝내고 일행과 함께 조용히 페오의 뒤를 따라가기 시작했다. 페오를 따라가며 지도를 켜서 확인한 결과 거점 방향으로 제대로 가는 걸 보면 다른 허튼수작을 부리는 것 같지는 않아 조용히 그를 따르는 것이었다.

페오를 따라 움직인 지가 한참이나 지나자 점점 지루해진 대진이 주변의 눈치를 보며 치호에게 조용히 말을 걸기 시작했다.

"치호, 이 녀석들 생각보다 얌전한데?"

"그럼, 뭘 생각한 거야?"

"아니, 왜 그런 거 있잖아. 난 종교에 미친놈들이라길래 어딘가 나사가 하나쯤 풀려 있는 놈들인 줄 알았지. 테스터들만 보면 죽음의 축복을 내려주마! 하면서 말이야."

치호는 대진의 말에 작게 웃을 뿐이었다. 대진이 그런 이미지를 가진 건 이해가 되지만 아직 속단하기는 이르기 때문이다. 그들의 어떤 탈을 쓰고 있는지 혹은 지금 보이는 모습이 진실된 모습인지 아직 파악할 수 없기 때문이다.

그렇기 때문에 치호가 로펠로의 영역에 가서 교리와 분위기를 살피려는 것이다. 과거 '죽음'이라는 명제를 가지고 종교를 부흥시키고 이끌었던 자신과는 다르게 새로운 방향으로 사람들을 이끌고 있다면 지켜볼 필요성이 있기 때문이다.

"일단은 지켜보자고. 광신도일지 아닐지는 지켜보면 알겠지."

"으… 근데 저 녀석들 말이야. 아까 봤어? 녀석들은 웃는데 눈이 웃고 있질 않은 것 같은… 기분 탓인가?"

"색안경 끼고 보진 말자고."

대진은 부르르 몸을 떠는 시늉을 하면서 반쯤 농담으로 이야기했지만, 그 속에 어느 정도 진심이 담겨 있는 듯했다.

치호와 대진이 대화하며 페오를 따를 때 치호는 또 다른 기척을 느끼기 시작했다. 〈광인의 영역 선포〉가 기척을 감지하기 시작한 것이다.

"다들 긴장해. 뭔가 인원들이 모이고 있다."

"에? 갑자기 전투예요?"

"그런 것 같지는 않아. 다가오는 속도가 균일하고 빠르지 않은 걸 보면 인원들이 약속된 장소에 모이는 느낌이군. 일단은 좀 지켜보자고."

치호 역시 상황을 정확하게 파악할 수 없어 태도를 유보한 것이다. 괜히 별것도 아닌 상황에서 과민하게 반응하면 페오에게 괜한 의심만 살 것 같았다.

주변의 기척에 점점 긴장감이 높아질 때 페오 역시 주변의 기척을 느꼈는지 치호 일행을 안심시키듯 말했다.

"오, 저희 교단의 인물인 것 같습니다. 너무 긴장하지 않으셔도 됩니다. 하하하."

"교단의 인물?"

"예, 아까도 말씀드렸듯 요즘 교단을 찾아오는 테스터들이 늘어 저희 선교단은 거점 주변을 항시 순찰하고 있습니다. 저희 형제가 될지도 모르는 테스터들이 거점을 찾아 배회하다가 괴물들에게 죽어버리면 너무 슬픈 일이지 않습니까?"

페오의 말에 치호는 미간을 찌푸리며 말했다. 뭔가 녀석의 말에서 궁금한 점이 느껴졌기 때문이다.

"죽음은 축복… 이라고 들었는데, 그들 역시 죽음을 맞이하는 것이면 축복이라고 할 수 있지 않나? 어째서 슬프다는 거지?"

어떤 식으로 죽음을 맞이하느냐는 다르겠지만 죽음이라는 귀결점은 같기에 페오가 어째서 그들의 죽음에 대해 어째서 슬프다고 말하는 것인지 확인해 보고 싶었다.

"하하하. 그들이 진정한 안식에 들 수 없기 때문입니다."

"진정한 안식?"

"예, 저희가 로펠로 님을 따르는 이유가 거기에 있습니다. 로펠로 님의 인도를 받지 않으면 진정한 죽음의 축복을 얻을 수 없기 때문입니다."

치호는 페오의 말을 듣는 순간 실망을 금할 수 없었지만 티 내지 않고 계속해서 페오에게 물었다.

"그럼 로펠로에게 인도를 받아야만 진정한 축복을 얻을 수 있다… 그건가?"

"그렇습니다. 로펠로 님에게 인도를 받지 않고 죽는 것은 또 다른 지옥의 시작일 뿐입니다. 저희가 이곳 테스트 필드에 떨어진 것처럼 말입니다."

"테스트 필드?"

갑작스레 테스트 필드란 이야기에 치호가 묻자 페오는 그럴 줄 알았다는 듯이 치호에게 말했다.

"단 한 번도 생각해 보신 적 없습니까? 죽음 이후에 대해서 말입니다. 저는 이곳 테스트 필드에 와서 생각하고 또 생각했습니다. 죽음 이후에 대해서 말입니다."

치호는 잠자코 페오의 말에 집중하기 시작했고, 페오는 치호의 집중하는 모습에 신이 난 듯 이야기를 계속하기 시작했다.

"알란 님은 지구에서의 첫 죽음을 맞이한 후 이런 테스트 필드에 떨어질 줄을 상상이나 하신 적 있습니까?"

"물론 상상도 못 했지."

"그렇습니다. 그렇다면 여기서 죽는다 해도 마찬가지입니다. 이곳에서 죽음을 맞이해 봐야 진정한 안식에 들지 못하고 또 다른 지옥이 펼쳐질 뿐입니다. 영원히 벗어나지 못하는 그런 지옥 말입니다."

페오의 말을 들어보니 이들이 로펠로에게 집착하는 이유를 조금이나마 알 것 같았다. 이들 역시 불안한 것이다.

죽음 이후에 대해서.

지구에서 생활할 때 죽음 이후에 이런 곳에 떨어질 줄 상상도 못 했을 텐데, 이곳 테스트 필드에서 죽음을 맞는다 하더라도 죽은 후 또 다른 이름의 테스트 필드에 가게 될지도 모른다는 불안이 있는 것이다.

그런 상황에서 나타난 로펠로.

진정한 안식에 들게 하는 축복을 내리겠다.

즉, 이들의 불안한 마음에 기댈 수 있는 그 한마디가 이들을 따르게 만드는 것이었다. 치호는 그런 페오의 말을 듣고는 겨우 표정을 유지할 수 있었다. 만약 페오와 대화하는 중이 아니었다면 얼굴을 구겼어도 한참 전에 구겼을 것이다.

'교활하군, 로펠로.'

치호는 아직 로펠로란 자를 대면해 이야기해 보지 않았지만 어딘지 모르게 교활한 느낌이 들었다.

죽음 이후의 축복이라는, 확인이 절대 불가능한 것을 가지고 신뢰를 얻고 있으니 누군가가 로펠로를 반박할 수도 없기 때문이다.

페오의 말을 곱씹으며 로펠로의 성향을 파악하는 것도 잠시, 치호의 생각은 길게 가지 못했다. 페오가 말한 교단의 인물이란 자들이 속속들이 모습을 드러냈기 때문이었다.

"페오 님, 오셨습니까?"

"오, 포니아 형제. 테스터들을 좀 발견하셨습니까?"

"예, 다행히 근처에서 방황하고 있는 이들을 발견할 수 있었습니다. 저기 저분들이 제가 발견한 분들입니다."

포니아란 사내의 말에 페오가 시선을 옮겨 그들을 한차례 보고는 쓴웃음을 지어 보였다.

"아직 경계심이 대단하군요."

"그럴 수밖에요. 시간이 해결해 줄 일이지요. 저희처럼 말입니다. 안 그렇습니까?"

"그럼요. 로펠로 님의 진정한 뜻을 알게 된다면 지금 이 시간을 부끄럽게 여길 겁니다."

"하하하. 그럼요. 그렇고 말고요."

페오와 포니아가 대화를 나누는 사이 점점 많은 인원이 모이기 시작했다. 거점 주변을 순찰하는 인원은 포니아뿐만이 아니라는 듯 흩어져 있던 이들이 모이기 시작한 것이다.

'호오… 정말 저 녀석들 말대로 이곳을 찾아오는 테스터들이 꽤 되는군.'

페오의 말처럼 새롭게 로펠로를 찾아오는 테스터들의 숫자는 꽤 되는 것 같았다. 흩어진 선교단이 하나둘 모여들 때마다 테스터들이 많게는 10명까지 데리고 오는 이들도 있었기 때문이다.

그 때문에 치호 일행이 페오를 만나 처음 따라나섰을 때와 달리 지금은 대규모 인원이 되고 말았다. 치호는 몰려드는 인원의 숫자를 대충 파악하기 시작했다.

'대충 200은 넘어 보이는군. 그중에서 선교단이 80명 정도 되니 이번에 모아온 테스터들이 꽤 많은데… 항상 이런 식인가?'

치호는 지금 모인 인원이 상당했기에 매일같이 이런 식으로 모인다면 로펠로의 세력은 치호가 상상하는 것 이상의 규모를 갖추고 있을 수 있었다. 그렇기에 상황을 주의 깊게 보는 것이다.

잠시 고민을 하던 치호는 페오에게 물었다.

"페오, 매일 이정도 인원이 모이는 건가?"

"원래는 이 정도는 아니었는데 요즘엔 더 많아지는 추세입니다. 로펠로 님의 진심이 통하는 것이지요. 하하하. 형제가 늘어가니 저희도 기쁠 따름입니다."

"그랬군."

페오의 말을 곱씹던 치호는 잠정적 결론을 내릴 수 있었다. 이들이 몰려드는 이유에 대해서 말이다.

'이들도 정세가 흔들려 불안한 거군. 콴이 중립 거점을 타격한 게 정말 시발점이 된 모양이야. 후… 좋지 않군.'

치호가 생각하기에 로펠로가 정식으로 종교를 선포한 타이밍이 기가 막혔다. 콴이 거점을 타격할 것이란 걸 미리 알기라도 한 듯이 때맞추어 사람을 받아들이고 있는 것이다.

즉, 중립 거점도 안전지대가 아니란 것을 사람들이 깨달았고 그 후 각 세력의 움직임이 요동치자 불안한 테스터들이 종교라는 이름의 로펠로에게 향하는 것이다.

게다가 이미 로펠로의 세력이 여신의 교단을 밀어낸 상황이라면 필드의 유일한 종교인 로펠로에게 기댈 수밖에 없다.

이런 상황을 마치 판이라도 짠 듯이 정확하게 읽은 로펠로의 교활함은 치호도 감탄할 정도였다.

'녀석은 이런 흐름을 알고 있던 것인가? 아니면 콴과 연결이 되어 있는 자인가? 후우… 알 수가 없군. 정보가 너무 부족해.'

지금 알고 있는 정보로 많은 걸 유추해 볼 수 있지만, 섣불리 결론을 낼 수는 없었다. 정확한 정보가 많지 않아 확신을 내리기에는 부족한 것이다.

치호가 현 상황에 대해 생각하고 있을 때 치호의 심기를 거슬리게 하는 기척들이 하나둘 느껴지기 시작했다.

'숫자가 많지는 않은데… 이건 뭐지?'

지금 다가오는 이들에게서는 명백한 살기가 느껴졌기에 치호가 의문을 품고 있는 것이다.

지금 로펠로의 교단 인물들만 해도 80명이 넘어가는 숫자. 게다가 함께하는 테스터들 역시도 숫자가 만만치 않은데 지금 다가오는 인물들의 수는 너무나 적다. 살기를 뿜어내며 다가오는 것치고는 수가 너무 적어 이해가 되지 않았다.

치호는 다가오는 기척들에 신경을 쓰면서도 대진, 메이를 비롯해 미소에게 '영혼의 메아리'를 통해 상황을 알렸다.

―다들 조심해. 뭔가 일이 벌어질 것 같다.

'영혼의 메아리'를 통하면 3명 모두에게 동시에 의사 전달이 가능하기에 이런 급박한 상황에는 더없이 쓸 만했다.

치호가 난데없이 '영혼의 메아리'를 통해 의사를 전달하자 세 사람도 흠칫 놀라는 듯했지만, 이내 표정을 고치고 각자의 무기에 손을 올려 두었다.

이미 세 사람 모두 치호를 믿기에 치호의 말을 허투루 듣지 않고 따로 의문을 표하지도 않았다.

치호를 비롯해 세 사람이 긴장하며 주변을 경계하고 있을 때 때맞춰 기척의 주인들이 하나둘 모습을 드러내기 시작했다. 그들은 한가하게 자신의 소개 따위는 하지 않고 적의를 드러내며 외쳤다.

"광신도 놈들을 처리해라!"

"로펠로의 추잡한 종자들을 모조리 처리해!"

"모두 작전 개시다! 무기를 들어라!"

"여신 교단의 이름으로 너희들을 처단하겠다!"

녀석들이 모습을 드러냄과 동시에 로펠로의 선교단이 데려왔던 테스터들 중 일부가 갑자기 돌변해 선교단들을 공격하기 시작했다. 일종의 기만술인 듯 여신의 교단 인물들이 선교단이 데려온 테스터들 사이에 섞여 있던 것이다.

갑작스레 벌어진 일에 당황한 듯 페오를 비롯한 선교단들이 혼란스러워했지만 이내 상황을 파악하고 맞대응을 하기 시작했다. 순식간에 평화로웠던 행렬이 아수라장이 되기 시작했고, 치호를 비롯한 세 사람은 인상을 찌푸릴 수밖에 없었다.

"치호! 어떡하지? 누구를 공격해?"

"아저씨! 섣불리 공격하기가… 누가 적이고 누가 아군이죠?"

"메이, 뒤 조심해!"

치호는 지금 벌어지는 상황에 대해서 빠른 판단을 할 수가 없었다. 어딘가에 힘을 실어주자니 상황이 모호한 것이다.

'제길, 골치 아프게 일이 꼬이는군.'

지금 벌어지는 이 상황에 치호는 입술을 깨물 수밖에 없었다.

『불사의 테스터』 7권에 계속…

초대형 24시 만화방

신간 100%, 샤워실, 흡연실, 수면실(침대석), 커플석, 세탁기 완비

■ 시흥 정왕25시점 ■

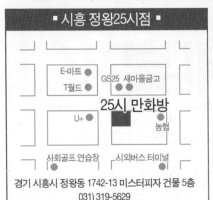

경기 시흥시 정왕동 1742-13 미스터피자 건물 5층
031) 319-5629

■ 강북 노원역점 ■

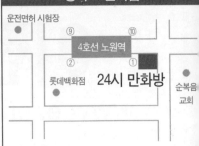

서울 노원구 상계동 340-6 노원역 1번 출구 앞 3층
02) 951-8324 (화용빌딩 3층)

■ 일산 정발산역점 ■

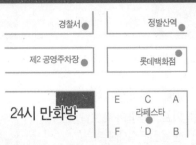

라페스타 E동 건너편 먹자골목 내 객진건물 5층
031) 914-1957

■ 일산 화정역점 ■

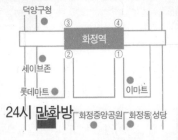

경기도 고양시 덕양구 화정동 984번지 서일빌딩 7
031) 979-4874 (서일사우나 건물 7층)

■ 부천 역곡역점 ■

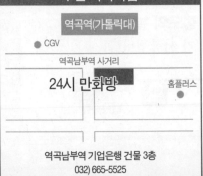

역곡남부역 기업은행 건물 3층
032) 665-5525

■ 부평역점 ■

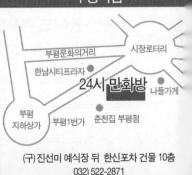

(구)진선미 예식장 뒤 한신포차 건물 10층
032) 522-2871

GRAND SLAM

FUSION FANTASTIC STORY

자미소 장편소설

그랜드슬램

2016년의 대미를 장식할 최고의 스포츠 소설!!

Career record : 984W 26L
Career titles : 95
Highest ranking : No.1(387weeks)
Grand Slam Singles results : 23W
Paralympic medal record : Singles Gold(2012, 2016)

약 십 년여를 세계 최고로 군림한 천재 테니스 선수.
경기 내내 그의 몸을 지탱하고 있는 것은…… 휠체어였다.

『그랜드슬램』

휠체어 테니스계의 신, 이영석(32).
그는 정상의 자리에서도 끝없는 갈망에 사로잡혀 있었다.

"걷고 싶다, 뛰고 싶다. …날고 싶다!!"

뛸 수 없던 천재 테니스 선수
그에게, 날개가 달렸다!!!

Book Publishing CHUNGEORAM

GAME
BALL

게임볼 설경구 장편소설
FUSION FANTASTIC STORY

무명의 야구인이었던 남자,
우진이 펼치는 야구 감독으로서의 화려한 일대기!

『게임볼』

"이 멤버로 우승을 시키라고?"

가상 야구 게임,
게임볼을 통해 인생 역전을 꿈꾸는

한 남자의 뜨거운 행보에 주목하라!

Book Publishing CHUNGEORAM

유행이 아닌 자유추구 -
WWW.chungeoram.com

이모탈 퓨전 판타지 소설
FUSION FANTASTIC STORY

용병들의 대지
Road of Mercenaries

이 세계엔 3개의 성역이 존재한다.
기사들의 성역, 에퀘스.
마법사들의 성역, 바벨의 탑.
그리고… 그들의 끊임없는 견제 속에 탄생하지 못한

『용병들의 대지』

전쟁터의 가장 밑을 뒹굴던 하급 용병 아론은
이차원의 자신을 살해하고 최강을 노릴 힘을 가지게 된다.

그의 앞으로 찾아온 새로운 인생!
아론은 전설로만 전해지던
용병들의 대지를 실현시킬 수 있을 것인가!

Book Publishing CHUNGEORAM

투신 강태산

박선우 장편소설

FUSION FANTASTIC STORY

무림을 휩쓸던 '야차(夜叉)'가 돌아왔다.

『투신 강태산』

여행사 다니는 따뜻한 하숙생 오빠이자
국가위기 특수대응팀 '청룡'의 수장.
그리고 종합격투기계를 휩쓸어 버린 절대강자.
전 세계를 무대로 펼쳐지는 투신 강태산의 현대 종횡기!!

"나는, 나와 대한민국의 적을, 철저하게 부숴 버릴 것이다."

서러웠던 대한민국은 잊어라!
국민을 사랑하는 대통령과 절대강자 투신이 만들어 나가는
새로운 대한민국이 펼쳐진다!!

Book Publishing CHUNGEORAM

유행이 아닌 자유추구 -
WWW. chungeoram.com